微阅读
1+1工程

第六辑

在城市里逃亡

金波

百花洲文艺出版社
BAIHUAZHOU LITERATURE AND ART PRESS

图书在版编目（CIP）数据

在城市里逃亡／金波著．—南昌：百花洲文艺出
版社，2014.9（2018.12 重印）
（微阅读1＋1工程）
ISBN 978－7－5500－1046－8

Ⅰ.①在… Ⅱ.①金… Ⅲ.①小小说—小说集—中国
—当代 Ⅳ.①I247.8

中国版本图书馆 CIP 数据核字（2014）第 184651 号

在城市里逃亡

金波 著

出 版 人：姚雪雪
组稿编辑：陈永林
责任编辑：刘 云 龚晴瑜
出 版：百花洲文艺出版社
发行单位：全国新华书店
印 刷：龙口市新华林文化发展有限公司
开 本：700mm×960mm 1/16
印 张：12
版 次：2015 年 3 月第 1 版
印 次：2018 年 12 月第 3 次印刷
字 数：128 千字
书 号：ISBN 978－7－5500－1046－8
定 价：29.80 元

赣版权登字：05－2015－31
版权所有，侵权必究

邮购联系：0791－86895108
网址：http：//www.bhzwy.com
图书若有印装错误，影响阅读，可向承印厂联系调换。

前　言

　　以"极短的篇幅包容极大的思想"，才能够以小胜大，经过读者的阅读，碰撞出思想的火花，震撼人的心灵。正因为这样，微型小说成为一种充满了幽默智慧、充满了空灵巧妙的独特文体。

　　如果说在二十一世纪的头一个十年，是互联网大大改变了我们的生活，那么在我们正在经历的第二个十年里，手机将更为巨大地改变我们的生活。如今，以智能手机为平台，正在构成一个巨大的阅读平台。一种新的阅读方式正不知不觉地走进大众的生活。一个新的名词就此产生，它便是"微阅读"。微阅读，是一种借短消息、网络和短文体生存的阅读方式。微阅读是阅读领域的快餐，口袋书、手机报、微博，都代表微阅读。等车时，习惯拿出手机看新闻；走路时，喜欢戴上耳机"听"小说；陪人逛街，看电子书打发等待的时间。如果有这些行为，那说明你已在不知不觉中成为"微阅读"的忠实执行者了。让我们对微型小说前景充满信心和期待的是，微型小说在微阅读的浪潮中担当着极为重要的"源头活水"。

　　肩负着繁荣中国微型小说创作、促进这一文体进一步健康发展的责任和使命，微型小说选刊杂志社推出了"微阅读1＋1工程"系列丛书。这套书由一百个当代中国微型小说作家的个人自选集组成，是微型小说选刊杂志社的一项以"打造文体，推出作家，奉献精品"为目的的微型小说重点工程。相信这套书的出版，对于促进微型小说文体的进一步推广和传播，对于激励微型小说作家的创作热情，对于微型小说这一文体与新媒体的进一步结合，将有着极为重要的作用和意义。

编者

2014 年 9 月

目　录

"打理"女朋友

有一位老板是个工作狂,经常忙得连女朋友都顾不得"打理",时间一长,女朋友就抱怨起来。

为了讨女朋友的欢心,老板答应周末陪陪女朋友,但不巧的是,老板临时接到通知,周末要去外地开会,正为此事犯愁时,秘书为他介绍了一家"恋爱助理有限公司",专门帮人进行约会。

周末一到,老板立即拿起话筒和这家公司联系。在电话里,老板谈好了条件,马上有人来找他了。

老板一看来人,顿时眼前一亮,那人身材高大,风流倜傥,比自己帅气多了。

老板严肃地问那男人:"知道我请你干什么吗?"

男人回答:"做您的'约郎',替您同女朋友约会,给她献花,陪她吃饭,带她去游乐园玩玩……"

老板又问:"懂得行规吗?"

"约郎"认真地说:"完成委托人的一切交代,全心全意为委托人服务,既要表演逼真,又不能有任何肢体接触。我们公司有严格的规定,不能有任何越轨行为,这个请您放心!"

"知道就好!"老板指着一束早已准备好的玫瑰花,说,"一见面就要把花献给我的女朋友,然后按我的要求说好每一句话、做好每一件事。如果你做得让人满意,我会加倍给你赏钱的。"

"约郎"回答道:"悉听吩咐!"

接着,老板把想说的情话全写在一张纸上,让"约郎"熟记;把女朋友的喜好、忌讳和注意事项也写在纸上,让"约郎"小心;需要为女朋友买什么礼物、去什么商场、逛什么花园、玩什么游戏……也一一交代。

"约郎"领命而去。

老板却意犹未尽，他轻轻拍了两下巴掌，侧门内立即走出一个贼眉鼠眼的家伙，手里还端着一只数码照相机。

老板说："暗暗盯住他们！一有违规行为，不管是谁主动的，立刻拍下来，不得有误。"

男人回答："老板您放心，我还等着您回来论功行赏呢。"

交代完毕，老板长长舒了口气，拿着行李包，走出公司，驱车直奔机场……

三天后，老板风尘仆仆地回来了。刚往沙发上一躺，拍照的那个家伙就慌里慌张地闯进来了，他说："老板，您可回来了。"

老板急不可耐地问："跟踪得怎么样？"

那人紧张兮兮地说："老板，大事不好啊！这回，您可能要气得半死！"

老板一惊："什么？他们……你快如实说来！"

那人说："他们就像早就认识似的，一见面就非常亲热，那个甜蜜劲儿……不堪入目啊！"

老板听不下去了，怒吼道："胡说！我女朋友是那种人吗？"

那人继续说："老板，我可不敢信口雌黄、无中生有，我有物证啊！这不，照片可是全洗出来了。"

老板接过照片一看，脸上的怒容顿时烟消云散，反而哈哈大笑起来："你真够笨啊！这个女人是我的女朋友吗？我都不认识……不过奇怪，那小子和她是什么关系？"

正在这时候，老板的手机突然响了，他瞄了一眼，是女朋友打来的，赶紧接听，电话里传出女朋友嗲声嗲气的声音："未来的老公，你出差回来了吗？不好意思，周末晚上，我去参加朋友的聚会了，所以临时请了个'约娘'，谢谢你的礼物哦！"

 # 代理时代

于东屏正躺在沙发上休息，电话忽然响了。她懒洋洋地接过来一听，是"恋爱婚姻"代理公司打来的："您好，您委托本公司代为物色的结婚人选已确定，完全符合您的要求，请打开网络，相关资料已发往您的邮箱。"

于东屏立即打开3G手机，搜索相关信息。果然，一个英俊帅气的小伙子出现在屏幕上。哇，那个头、那气魄、那眼神、那造型，不愧是第二高仓健耶！看得心脏怦怦乱跳，这才浏览下一条资料，也完全符合自己的要求！再往下翻，是代理公司代表委托人与对方的谈话录像，帅哥不仅按要求回答了所有提问，还当场表演了歌唱节目，并做了体育表演，那声音浑厚耶，透着一股雄音；那唱腔有力耶，就像专业演员；那举止大方耶，自然而又强健，不错不错！接着往下翻，是帅哥给东屏的原声留言：东屏小姐，代理公司已将您的信息和采访资料发给了我，非常满意！如果您没有异议，我们结婚吧，我将为您举办一场正式的求婚仪式。

"免了吧！免了吧！一切由代理公司操办算了。"于东屏自言自语道。于是给对方发送了留言：我很高兴有机会与您结婚，我们还是确定结婚日期吧，下周日怎么样？

很快，她得到了肯定的答复。哇，马上就要做新娘了！一切都将发生变化。可是，要组织家庭，谁来处理家务事呢？于东屏可不想做家庭妇女！她是为了幸福和快乐，而不是为了劳动和辛苦而结婚的。想到这里，她便给家政服务公司打电话，让他们物色保洁和钟点工，以便将来代理新婚家庭的日常事务，承揽所有家务活儿。

嗯，马上结婚了，生儿育女的事便提到日程上来了。于东屏可不想

做丁克家庭，她当然希望有自己的儿女，不是为了防老，而是为了将来继承自己的家业；至于天伦之乐什么的，倒是其次。不过，怀孕意味着体型的改变，生育会严重损坏器官，这可是有目共睹的事实。于东屏可不想把自己弄得像部生育机器：挺着个大肚子，身上的脂肪能熬半吨油！于是，她给代孕代育公司打电话，预订代孕妈妈和代育阿姨。在代理业务发达的今天，这一切都不是问题。有人愿意从事这个职业，以获取较高的报酬。所以，解决这个问题并不难。

结婚用品呢，自然也少不了！按现代人的结婚惯例，男人提供住房，女人提供家具，什么双人床、被褥、沙发和家具，还有保健避孕用品等等，花样繁多的东西连自己都想不起来。好在有什么"家庭用具用品配送代理公司"，他们会提供一大堆用品介绍，然后定时按需配送。于东屏又拨通了他们的电话。

听说他也是一位成功人士，于东屏开始把思维调到即为己夫的那个男人身上。按说这样的人没有什么好担心的，但这是一个浮躁的年代，同居——结婚——分手——再同居，这个节奏比风车转得还快，一辈子不知要转多少圈儿呢。谁也保证不了两人一辈子守在一起！再说，真是那样，人生也太单调乏味了。为此，财产公证便必不可少，人们不都在这样做吗？于东屏便给法律代理公司打电话，聘请法律顾问，全权负责婚前婚后的财产公证和维权事宜。

这么帅气的一个年轻人，据他介绍，已经离过异，看来绯闻不会少！于东屏接着想。据说，许多女孩脸皮颇厚，看上了一个男人，管他是已婚还是未婚，宁愿当情妇、当小妍、当野鸡；而男人谁又愿意只盯着一个女人呢？为什么离婚战、情杀、财产争夺这么盛行，忙得律师和法官超负荷工作？不就是人们不靠谱嘛！于东屏可不想做"大奶"，也不愿意吃哑巴亏，大不了拜拜呗！而且，抓住男人的把柄，这有利于女人维权，不可不未雨绸缪。于是，她又给"婚姻卫士"代理公司打电话，物色私人秘密侦探，暗中寻找对方可能出轨的证据。

做完这一切，于东屏才长长地松了一口气，想象着结婚的美妙时光。

不久，婚庆代理公司打来电话：已向所有来宾发去了请柬，并确定了婚礼的地点、规模和预算。好了，就等着穿婚纱吧！结婚的当天，于东屏早早地把婚纱穿在了身上，并由家庭自动数码摄像机拍摄了各种姿势的照片若干张。正在这时，门铃响了，是新郎接自己回去了！于东屏立即拉开门闩，站在面前的是一个非常英俊的小伙子，虽然戴着大红花，穿着新郎的衣服，却一眼看出不是真正的新郎。于东屏疑惑地问："您是……"

"恭喜您，小姐！我是婚庆代理公司的员工，奉新郎的要求，代表他同您举办婚礼，并将您接回家。"

"你……"于东屏呼吸急促，伸出巴掌，就想给他一下。

"请息怒！我这里有新郎的代理委托证明。"小伙子掏出手机，"他是因为身体不适，才临时决定这样做的。他请我代为致歉，并请您原谅！"

"这样也好，代理时代嘛！"于东屏慢慢平息了愤怒，"请问，贵公司可以提供代理新娘吗？"

"可以的，'为您代理一切'是本公司的服务宗旨。"

"好吧，让你们的代理新娘同你参加婚礼吧，我也累了。"于东屏朝小伙子挥挥手，然后走出房间，驱车直奔新郎的住所……

名人诞生记

矮哥精神萎靡地坐在作家面前，愤愤不平地说：

"看电视了吗，昨晚？孙悟空这猴崽子又派起来啦，做了一宿治痢疾的广告。"

"人家是名人嘛！"作家道。

"你说他丫子有什么了不起的？"矮哥骂道，"他不就是陪着唐僧唐傻帽儿去过一趟印度吗？想当初我也手持打狗棍押了一趟煤车东进南下，斗过了多少流氓地痞的骚扰，闯过无数次关卡和地方保护主义的拦截，也算过五关斩六将立了汗马功劳，为什么我还是平头百姓？"

"这就是问题的关键所在，"作家一针见血地说，"请问矮哥，你是怎么知道孙悟空护驾唐僧的？"

"不是吴承恩那小子写过一本叫做《西游记》的书吗？大家都看过。"矮哥眨巴眼睛道。

"对呀！自从吴承恩在《西游记》里披露了孙悟空西行的秘密后，媒体不断地遥相呼应，先是报纸反复连载，其次是电台轮番播音，最后是电视剧竞相放映。如今孙悟空已是家喻户晓、老幼皆知。紧接着商业利益纷至沓来，悟空减肥精、大圣打狗棍等等也相继问世。你知道这是为什么吗？"

"炒作！"矮哥抚手顿悟。

"不错，你现在缺少的就是炒作。没说的，从今日起你的事就交给我办，三个月后，你请我吃喜糖吧。谁让我俩是铁哥们儿呢。"

"就我，一米四五的个头，行吗？"矮哥没有把握。

"别忘了我是全国一百多家报刊的娱乐版专栏作家。"

两人谈妥之后，作家立即赶回自己的工作室，在电脑里打了一则娱乐新闻——《二十八宿添新星——矮王星闪亮登场》，一共 200 字，通过伊妹儿发往一百家报刊，次日全部刊出，其影响力迅速多重覆盖全国。

紧接着，又有若干矮王星的逸闻奇事相继出现在报刊娱乐版显要位置，每日一章：

《男儿有泪也轻弹——仅仅是土灰迷住了矮王星的眼睛吗》

《矮王星饭前进茅房——名人的习好也不同》

《矮王星宣言：娶回月亮给太阳看》

《矮王星袒露心迹：这一辈子只爱三次》

……

"喂喂，是作家吗？许多读者给报社打电话，想了解矮王星的细节，请继续赐稿。"

"喂喂，追星族们对描写矮王星的文字过于简短十分不满……"

……

作家放下电话，微微一笑：是时候了！紧接着马不停蹄又推出一篇长篇纪实文学：《也是南下护驾人——矮王星因何遭冷遇》。该文共分三大部分，第一部分用传奇之文字、振聋发聩之描写，使一个手持大棒一路护车勇猛刚烈之侠士的形象跃然纸上；第二部分添油加醋、描枝画叶地编造英雄的矮王星之所以被世人埋没的社会根源和小人作祟的经历；第三部分写以上种种遭遇给矮王星带来的心灵创伤和烦恼，吁请有识之士为之正名。

此文一出，读者哗然，特别是在追星族中引起了轩然大波。一百多家报刊娱乐版编辑室电话爆满，有些电话则直接中转到作家的工作室，全是读者愤怒的声音，要求矮王星勇敢地站起来，没人捧场，我们捧场；有人埋没，我们不埋没。有人甚至在电话里高呼：

"矮王星——掀起你的盖头来！"

"矮王星万岁！"

次日，矮哥兴冲冲地跑到作家面前，一个劲儿表示感谢。"你知道吗？方圆五十里的大中学生和社会追星族们不知怎么打听到的，昨天把我的小平房挤得水泄不通，并且已收到小女孩内藏玉照的情书 60 封，天哪，我都四十多了。谢谢大作家，如今我终于成名了。"

"这就算成名了？"作家乜斜着眼睛盯矮哥。

"难道……"

"这还仅仅是开始，"作家不屑地说，"赶快回去写一部 30 万字的长篇自传，标题我已替你拟好：《从矮哥到矮王星——岁月洗不尽的爱和恨》。"

"这——可我小学还没毕业，快 30 年没拿过笔了。"

"太遗憾了，你失去了一次签名售书赚大钱的绝好机会。"作家急得直跺脚。

"难道没有补救办法？"矮哥也紧张起来。

"有。明日我把你准备与追星族们见面的消息发布一下，两天后行动。"

第三天，作家陪着西装革履的矮哥驱车前往市大众广场，一簇簇追星族们早已恭候多时了，一人手持一面彩旗，上写"矮王星您好"。矮哥见状心中一热，正要开门出去与小青年们见面问好，被作家一把拉住了。作家说："你现在是名人了，要注意身份。你只能打开车窗向大家致意，再象征性地签几个名就行了。"

矮王星心领神会，立即伸出一只粗糙的大手向人群飞吻，整个广场顿时欢声雷动，人们立即举着笔记本围拢过来。

"矮王星，请和我们合个影。"

"矮王星，请给我们露一手。"

这时，作家从驾驶室里冲出来，举着双手拦住大家，道："各位各位，请大家原谅。矮王星今天身体不适，只能与身边的几位签个名；另外，下午他还要飞往另一个城市与追星族见面，今日只能略表心意。名人难当嘛，啊？请大家闪一闪、闪一闪……"

当矮王星在各大城市与追星族们巡回见面签名的消息连篇累牍地在报刊上刊登以后，矮王星的名气迅速叫响全国，大街小巷无不谈论矮王星，大中学生们无不保存矮王星的半身照片，人们谈星必谈矮王星、爱星必爱矮王星、骂星也骂矮王星……大家纷纷响应某娱乐杂志的提议，投票确认今年为"矮王星年"。

炒作空前成功！其高潮是：一家厂商通过千辛万苦终于找到了矮王星的经纪人，以888万元的标价请他担任"宜而乐"卫生安全套的形象代言人。从此，电视里不断地出现了矮王星举着安全套向观众做宣传的镜头，报刊一角也时不时见到矮王星那小老头似的一副尊容，就连城市大街各繁华路口的广告牌上，也都换成了矮王星一手高举安全套、一手向行人致意的可笑形象……

不久，矮王星又涉足影视，担任一个时尚电视剧的男一号。

 # 我的情敌

丹平是我相恋多年的女友。她漂亮、有能力、体贴人，收入与我不相上下，我觉得是到了该向她求婚的时候了。当我试探她的口气时，她竟冷峻地回答我：

"我们这样相处不是挺好吗？"

我的脑子嗡的一声，几乎晕倒。听人说：不想结婚的恋人，十有八九要吹灯。难道丹平又看不上我了？我认为丹平虽然是女中人杰，各方面都比较优秀，但我也不比她差呀？我的学历与她一致，我的相貌够得上男人标准，我的存款不久就可以为她供房；更重要的是，我有一颗深爱她的心。于是，我明确地告诉她：我决不放弃最后的努力，直到彻底失望。

然而，丹平却开始疏远我。她对我打去的问候电话爱接不接，对我的热情约请推三却四。我越来越觉得情况不妙，就当面直截了当地质问她：

"丹平，你是不是另寻了情人？"

没想到丹平肯定地回答："是的。"

像挨了一闷棍，我几乎站立不住。良久，我咽了咽眼泪，很有"教养"地说："丹平，我们相处三年，我自信我才是最爱你的人；还有，我也是最适合你的人。丹平，再考虑考虑吧？"

"你以为你最优秀吗？"丹平反齿相讥。

"至少在想娶你的人中，我是最优秀的。"

丹平便仰起头哈哈大笑起来，笑得我一阵脸红又一阵莫名其妙，但并不死心。我说："把你的新朋友带过来吧，让我认识认识；如果他比我

强哪怕一点点儿，我也退避三舍、甘拜下风，并衷心地祝福你们。"

丹平真把我的那位"情敌"带到了我面前，是开着桑塔纳来的。乍一见，我的身子就冷了半截：他长得那样高大英俊，走路昂首挺胸，而且还很有涵养——他微笑着伸出手来，道一声"你好"；我便也很有礼貌地回一句："认识你很高兴。"

在茶馆里面，我们相对而坐，丹平却紧紧地挨在这个新男人旁边，一副如漆似胶的样子。我便和情敌酸甜苦辣地攀谈起来：

"听丹平说，你是金融专业的博士生，而且在英国进修了两年。请问你现在在哪里高就？"

"在一个外企工作。主要是负责与欧美方面的业务联系。"

"嗬，你的能力不小哇。这么说你经常出国罗？"

"那当然，"这位情敌无比自豪地说，"我还打算下周带丹平去美国旅游呢……哦，对了，欢迎你到我的别墅去做客，位置就在……"

我没法听下去了，我的表情虽很冷静，心里早已翻江倒海，难以自持，情急之中便使出最后一个杀手锏："你这么优秀，一定有不少女子追求你吧？请问，你真的爱丹平，并愿意呵护她一生吗？"

"那还用问吗？"这位情敌不屑地说，"你说得对，是有不少女子主动追我，可我偏偏对丹平一见倾心。我觉得丹平各方面都很出色，正是我心目中的那种女孩。我也说不清楚什么原因，也许这就是缘分吧。是不是，丹平？"然后，他竟当我的面吻了丹平一下。

丹平嗯了一声，还朝他深情地点了点头。那柔情似水的眼神，我是多么熟悉呀，可现在，她竟无情地给了别人！

我由爱生恨，终于失去了理智，咬咬牙对丹平说："这么说，你是嫌贫爱富，有了猪肉就不吃豆腐了。是不是？"

丹平哼的一声，说："对不起，这是我的自由和权力！你有种倒也弄点'猪肉'呀。"

"你！"我怒目而视。

我的情敌配合得真默契，赶紧站起来用手挡住我："金先生，请冷静点吧。爱情是双向的，如果失去了一方，勉强有什么意思？大家好离好散，日后还是朋友，何必闹得太僵？再说，你也是一个很聪明的男人，想开点吧，没准这一分手，会遇上更令你钟情的女孩呢?"

"你是什么东西？也配教训我!"我吼了一声，"你们不过是一群把感情当儿戏的人罢了。"

我知道再也无法待下去了，便站起身朝门外奔去。跑了很远才停在一棵大树下面，任眼泪大滴大滴地淌下来……

不知过了多久，身后突然传来一个男人的声音："金先生，请节哀顺变。"

我扭头一看，竟是我的那位情敌，他从车上钻出来，伸出一只手说："这是我的名片，如果用得着的话，请与我联系。"

我瞄了一眼名片，只见上面写着"情敌出租公司"的字样。

"这是什么意思?"

"别误会，我是情敌出租公司的职员。如果你将来有了女朋友，我们就会派上用场。比如，你想和女朋友分手，就租一个比她更漂亮的女孩做她的情敌，这样她就会自惭形秽知趣地离开你；如果你想和她结婚，就租一个跟她一样漂亮或稍逊一等的女孩做她的情敌，这样她就有了压力，知道机不可失，也许就真的成了你枕边的猎物。本公司预备许多先生和小姐，能满足任何一种要求，而且还提供诸如别墅、汽车等等一切道具……"

"原来是这样?"我发出一阵古怪的笑声，"可是太晚了，你为什么不早点让我遇上你……"

# 在城市里逃亡

　　这年代，走马路都得小心。别提那朝你狂奔而来的汽车，在你惊慌失措、甚至绝望地闭上眼睛的一刹那，轮胎和地面磨擦时发生的尖利的噪音划过你的耳轮，令你震耳欲聋、寒毛倒竖；就说两边的自行车骑手们不声不响地在你前后左右疾驶而过毫无商量的情景，也时不时令猝不及防的你惊出一身冷汗。未了，也许还要遭到一顿奚落："找死呀你!"好像他们是上帝，永远正确。

　　所以，我只好走街道。

　　街道也越走越窄了。两边新搭起的简陋的方格屋占据了原来的部分人行道，每间屋里站着一个腰缠钱袋的主人，把他（她）的各式鞋们或五颜六色的衣衫们挂在三面墙上，向街道里的行人兜售。可他们都嫌房子太小了，硬把摊位拼命地往街道中心扩张，那阵势，好像一只夏天的狗，张开血盆大口还不过瘾，还要把舌头全部吐出来。

　　街上的行人却不曾减少，大家你来我往擦肩而过，一不小心碰了人家还要说"对不起"。但这声音很快被两边嘈乱的喊叫声淹没了。当我的眼光一不留神朝身边瞥了一下，早已盯着我的商人便扑过来说："要点什么你?"然后他向我反复地介绍商品的先进性、适用性、时髦性，仿佛这里的商品是世界上最好的，也是我最需要的那种。在我犹豫的一刹那，商品很快被包装好了。

　　我吓了一跳，急忙目不斜视地走过去。自以为这样走就会安全通过，可我想错了，你看前面那位仁兄正昂头挺胸地走着，一不小心碰了"狗舌头"，那摊位好像是鸡蛋累起来的，哗啦便倒了，嫁不出去的鞋子便长舒一口气般倒在那行人的脚下要起赖来。那行人只好捡起来擦干净送回

原位，并说"不好意思"之类的话。而那商人却不依不饶："弄脏了我的鞋子，我卖给谁呀？不行，你得买下。"那人据理力争，但看样子马上就得败下阵来……

我的神经紧张到极点，恨不得插上翅膀飞离这里。可街道太长了，为了汲取教训，我决定绕弯子穿巷而过。

第一条小巷，是卖蔬菜水果的，一抬头，有个卖菜的正大吵大嚷地拉着一个买菜的篮子不让走；第二条小巷，是卖快餐小吃的，只看两位花里胡哨的服务员小姐正把行人往两边揪扯；第三条小巷，是要把戏卖艺的，一个凶神恶煞的大汉正端着盘子朝人收钱；第四条小巷，是卜卦算命的，一个白胡子干巴巴的老头正拦住一个青年要相面；第五条……第六条……直到最后一条小巷，是卖花圈纸钱的，我想这条巷应该比较安全——他们总不会逼着我买这些东西送活人吧，便拐了进去。

果然比较顺利。走过小巷一看，这是一条比较偏僻的花园式大胡同，车辆行人极少，种满了花草和树木，空气里饱含着清新的花香，便松了口气。我正悠闲地迈着步子，身边突然响起了一声"您好"，我连忙回答"您好"，以为遇到了熟人。扭头一看，是一个年轻人，却不认识。他举着手里的一包东西，自我介绍道："我是公司的，今天奉命搞一个调查，就是看看本公司销售的电池产品，是否能为顾客所看好。只耽搁您一会儿工夫，请看看。"我警惕地反问："对我有什么要求吗？"这位"调查"者笑道："您是一位成功人士，绝不可能不使用电池吧。为了报答您的支持，我按出厂价送给您使用，相当于市场价的二分之一。"我说声"谢谢"，扭头就走了。

还没来得及拐弯，一位小姐又拦住了我的去路："先生您好，我是厂宣传业务员，请试用这种刀片……"

我摆摆手，道："没见我不长胡子吗？"

似乎我的傲慢态度招惹了天怒人怨，不知从哪里又钻出了一些成双成对的小姐或小伙子，手里举着五花八门的小商品等在我的前面。我隐隐觉得不妙，扭转身绕道而走，可就在这时，在雨伞似的柳树下，在四季青丛林背后，在月季花坛旁边，一忽儿便站起一堆人来。朦胧中，那"先生您好"、"先生，请允许我介绍产品"、"先生先生……"的推销声一浪高过一浪，生硬的礼貌声中杂着执着。我被活生生纠缠在中间，一脚也挪不动了，脑子一急，便大吼一声："你们想干什么!"

正在这时，一位妇女不知什么时候挤了过来，拍了一下我的肩膀，把我从人堆里拉了出去。我问："你是谁?"这位女士说："甭问了，赶快跟我来，不然，你今天非得在这里出点血不可。"一扭头，果然见到他们追在后面大吵大嚷。

我知道遇上拔刀相助的好人了，便跟着她溜进一所大院。一进门身后就听啪的一声，大门自动关闭了。我吃了一惊："怎么出得去?"

"走后门!"

我跟着她进了她的房屋，果然发现有一道后门直达另一条大街。我松了口气，连忙称谢："今天多亏你解了围，实在不好意思。"

"如果您真的想谢我，"女士严肃地说，"我家是开百货铺的，请您随便挑选一件商品再走吧……"

我啊的一声，嘴巴再也没合拢起来。

领导范儿

谁说当领导的就没有手头紧的时候？我就有！这不，一个月之内，父亲仙逝了，丈母娘子驾鹤西去，家里又遭了劫，一把把现钞不翼而飞……如此一折腾，不仅过去的积蓄荡然无存，而且还添了债务若干。看来，不过把紧日子不中了，过去那种大手大脚花大钱的派头再也不能重演了。

于是，我召集一家人开会，发表了自成家以来的第一次重要讲话——

亲爱的老婆女士、宝贝女儿小姐：

闭门家中坐，祸从天上来。一连串的打击，使我家损人破财，元气大伤。痛定思痛，敝家长认为必须振作精神，从零开始，力争在两三年内恢复经济、中兴家业。为此，务必使同志们保持艰苦奋斗、自力更生的工作作风，务必使同志们发扬勒紧裤带、省吃俭用的生活作风。我宣布：从即日起辞去保姆；改每人年购四套时装为年购一套时装；变一日三餐大鱼大肉为三个月一顿猪肉豆腐；日常生活所需其他花费均从多到少、从有到无。总之，一切开销以不花钱或少花钱为准则。为渡过难关，全家同志一定要精诚团结，孜孜以求，力图我中兴家业之目标早日实现……

为了响应家庭会议上通过的"两个务必"的倡议，我还亲自制定了一则《自律书》，亲手张贴在客厅上。《自律书》云：火车跑得快，全靠车头带。本人作为一家之长，理应为人表率。因此，我郑重保证：一、戒烟；二、戒酒；三、中午自带盒饭上班；四、三年内不添新衣服……

紧接着，我把家里的烟缸丢进了垃圾箱，又把酒杯从碗柜里请出来送进了橱柜；连最近两年新添置的几套高档西服和意大利皮鞋也送进了当铺。每天早上去上班，我身着十年前的又灰又土的中山装，脚穿一双解放鞋，手提一盒稀粥加咸菜当中餐，一副偏远地区穷村长的模样。晚上下班回家，就将中山装脱下来，露出上身打着补丁的毛线衣，坐在一台十四英寸黑白电视机前看新闻，手里端的是一杯白开水。

也甭说，榜样的力量就是无穷的。经我这么一带头，老婆再也不去美容院了，化妆品也从一千多元一套的"美人霜"，变成了一元多一袋的护肤膏，连逛商场、挤超市的毛病也收敛了，油盐酱醋是从隔壁的小卖部里赊欠的；我那宝贝女儿爱吃油酥饼、妞妞豆、奶油雪糕，平日里零食不离口，如今也改成一天一支五分钱的冰棍。久而久之，她们流露出一种吃不了苦、受不了罪的悲观情绪。每当这时，我就表现出犯了烟瘾的样子，抓头发、咬牙关、流口水；要不就表现出想喝酒的样子，舀一碗凉水咕噜咕噜灌下去，然后啧啧嘴巴道："这酒好香啊……"

我那亲爱的老婆和宝贝女儿见状，所有悲观情绪便荡然无存了。

真所谓好景不长。那一日中午，我正坐在办公室里抽烟、喝酒……慢！那位说，你不是戒烟、戒酒了吗？看来你不是明白人。说穿了，我不过是做做样子给老婆孩子看看罢了。你想，我一个堂堂领导，能穿着破旧的中山装去上班吗？其实我那两套高档西服并未进当铺，而是挂在了办公室，一上班，我就去旧换新；下了班，我又重新换回来。至于烟酒嘛，就算我不花一分钱，我那些同事能忍心让我戒掉吗？我那些部下能眼睁睁地看着我抓头发、流口水吗？于是，每天一进办公室，我就把那盆稀粥咸菜倒进抽水马桶里，然后让"香千里"饭店定时给我送来好酒好菜，中午我就靠在沙发上，把腿跷到写字台上，一边抽烟喝酒，一边享受着丰盛的烤鸭、肥肠。

这天中午，我正吃着喝着，门被人敲响了。我有点不满，问道："是谁呀？中午不办公。"

"老公，是我呀！"

是老婆来了？我吃了一惊，不过很快就镇静下来了：幸亏门被插上了。于是，我照样吃肉喝酒。

"我不是警告你了吗？你作为领导家属，不要随便到单位来，影响不

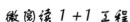

好。有事回去再说吧。"

"老公，是这样的。我和女儿看到你戒烟戒酒那么难受，心里像刀割似的。我们娘儿俩商量，从上个月起，我不用护肤膏了，女儿也不吃冰棍，省下钱来给你买烟买酒。这不，钱刚好凑齐，我就买了一包烟一瓶酒，虽然不是高档的，也能解解馋吧。怕你熬不住，就及时送来了。"

"哦，原来是这样。"我喝了一口酒，啃了一口肉，然后严肃地说道，"亲爱的老婆同志，我要向你和女儿同志提出严厉批评。我戒烟戒酒是难受，但你们不也在同甘共苦吗？我作为一家之长，带头吃苦是应该的嘛，而你们却让我搞特殊化！这不是故意让我犯错误吗？退了，赶快退了！"

老婆在门外哭了："老公，既然买了，你就拿去吧。我知道你是为了家好，可我们也是为了你好呀。"

我又喝了一口酒、吃了一口肉，十分不满地说："真是妇人之仁！你不赶快走，难道非得让我亲自出门赶你吗？我告诉你们：这个苦我是非吃不可的……"

然而，就在这时，我突然打住了。我感到气氛不对，我扭头一看，窗户被人推开了，我看见了老婆的那张瘦削苍白的脸，正张口结舌，眼睛瞪得像铜铃一样。用一句话总结那就是——

她什么都明白了……

明星时代

说出来也许你不信，像我这样百无一长的人竟然也成了"明星"。

我们单位准备参加全系统明星大会。在这之前，必须评选本单位的明星若干名。其实，不用评选，谁是明星大家已心中有数。平时，喜欢拜星的员工们没事时就爱挑选本单位的明星，这些"星"虽然不是正式的，但也算是明星候选人吧。如果得到领导的最后拍板，不就是堂而皇之的明星了吗？

如此一来，本单位的明星顺利产生。阿花因为在一次卡拉OK演唱会上唱过一首流行歌曲，赢得满堂喝彩，成了"歌星"；阿草因为在一部内部电视片中做过群众演员，成了"影星"；阿苗因为跳舞跳得好，成了"舞星"；阿叶因为在本单位长得最漂亮，成了"美星"；阿枝因为身体长得单薄，成了"苗条星"……阿猫因为喜欢看足球，成了"球星"；阿狗因为发表过小通讯数则，成了"文曲星"；阿狼因为在女孩心中比较帅气，成了"帅星"；阿牛因为长得魁梧，成了"大个子星"……另外，从长相上分，还有"胖星"、"瘦星"、"老星"、"少星"；从技能上分，还有"社交星"、"电话星"、"秘书星"、"电脑星"、"制作星"、"打字星"……

人人都有一技之长，所以几乎都成了明星。大家欣喜若狂，载歌载舞，共同欢庆荣誉的到来。只有我一个例外，因为大家都成了"星"，而我什么也不是。在人们的欢笑声中，我紧张极了，难过极了，惭愧极了，想死极了。这时，终于有人发现了我的可怜相，替我主持公道：

"阿兔，还有阿兔没有评上。"

会场立即静了下来。单位领导收起笑脸问我："阿兔，你有什么特长？"

我低下头说："我有的特长，别人也都有，算不了什么。"

"那你的身体各个部位都有哪些与众不同的特征？"

我红着脸说："我倒霉就倒在连长相也平平常常。看来我不是当明星的料。"

"那就算了，"领导毕竟是领导，会安慰人，"总不能人人都当星吧？也应该有群众嘛。你先发扬一下风格，下次还有机会，啊？下次。"

就这样，我带着遗憾和单位的明星们一起去参加全系统的明星大会。

因为我们单位较远，所以赶到会场时差点迟到。这时，会场上早已挤满了来自其他单位的人们，大家吵吵嚷嚷像一锅热粥。原来，明星席设在主席台上，那里太小了，根本容纳不下太多的明星，有人坐下去了，更多的人则站着身子，许多明星举手抗议。系统领导闻讯匆匆赶来，眼睛一扫就找到了问题的症结。这系统领导不愧是系统领导，只见他微微一笑，把主席台上写着"明星席"的牌子摘掉，将台下写着"群众席"的牌子换下来。这样，原来的群众席就成了明星席。明星们一见，纷纷拥到台下找座位，果然座位绰绰有余。

明星的席位解决了，剩下的群众席却不好处理。其实，群众只有三个，一个我，还有另外一男一女。我们三个群众没有资格坐明星席，而主席台又是领导坐的地方，怎么办？我们只好诚惶诚恐地站在主席台旁，等待领导的最后裁决。

"你们，是不是也要走下台去？"系统领导慈祥地下起了逐客令。

话音未落，台下便沸腾起来，"不行，我们都是明星，我们不要冒牌货。"

"这怎么能行？"系统领导的脸色立即难看了，说话带着鼻音，"连明星们都坐到下面去了，你们三个群众反而和领导平起平坐？这太不像话！"

系统领导背着手走到我们面前，眼睛盯着那个女人道："这样吧，你尽管看上去并不美，倒也长得丰满，女人味十足。现在我封你为'女人星'。"

女人一听，歇斯底里地叫一声，举起双手朝台下奔去。

系统领导又盯着那个男人，沉吟了半天，命令他坐下、起立、立正、齐步走，然后笑道："我见你站似松，坐如钟，行像风，有点男子汉气概，就封你为'男人星'吧。"

男人兴奋得手舞足蹈，还没来得及欢呼就嗖的一声跳到台下，找个座位坐下来。

现在只剩下我了。系统领导皱着眉头盯着我，摇着头半天没有说上话。而我的脸色早就红成了鸡冠子。

"年轻人，我看你样子傻不拉几的，没有一点活分，就封你一个'傻星'如何？"系统领导用征询的口吻问我。

这时台下有人站起来，翁声翁气地说："他傻，还能比我更傻吗？我总是管爷爷叫爹爹，爷爹不分。我才是'傻星'呐！"

"那么，我看你长得五官不正，再封你一个'丑星'吧？"

台下又有人接口了："领导，我才是'丑星'呢！没见我的眼珠都长到眉毛上面去了吗？"

"'傻星'有了，'丑星'也有了，怎么办？我见你窝窝囊囊的一副哭相，就封你一个'窝囊星'？"

"不行！他没有我窝囊。"台下有人站起来抗议，"我爹死娘嫁人，老婆跟了别人，孩子管他人叫爹，难道还不窝囊吗？"

系统领导的脸色越发难看了，狠狠地瞪着我说："你这个人，专给领导出难题！你怎么就一点突出的地方都找不到呢？"

"领导，我也不是故意的呀。谁让我太平庸太无能了呢。"我垂头丧气地说。

"有了！"系统领导哈哈大笑，"真是得来全不费功夫呀。从今之后你就是'无能星'了。下去吧。"

就这样，我也成了明星！我们皆大欢喜，我们放声高唱，我们在欢唱声中聆听系统领导发表重要讲话：

我们已进入了一个明星璀璨的时代……

狗日的辈分

　　我的同事小芳，长得并不漂亮，皮肤显老，却爱打扮。这本与我无关，要命的是，她和别人一样，也有"充大"的毛病。我按流行的称呼叫她"小姐"，她却非让我喊她"大姐"，可一问年龄，她比我妹妹还小。"你看我，个头比你高，皮肤也比你黑，走到大街上，谁不说我比你大？"她倒振振有词。得了吧，我知道这里的人都有排辈分的习好，常常为孰长孰晚争得面红耳赤，我也就不与她较真了。

　　谁知，这天小芳突然喂喂地叫住我，喊声"小子"之后，让我叫她"老婶子"，看那样子，倒真像长辈似的。"咋回事？"我以为她在骂我。"回去问问你老叔吧，小子！"

　　我明白了，敢情是她跟我的老叔搞上对象了。"天，你比我妹妹还小哇。"

　　"我不管！二蔫，你不喊，会有人收拾你的。"

　　很快，老叔带着小芳找到我，劈头就骂："你小子分明是想拆散我们呀！小芳是我的人了，本来就是你的婶子嘛，你为什么不喊？"骂得小芳捂着嘴巴偷偷乐。我沮丧极了，对小芳是又恨又怕。不过，"你等着吧。"我心里冷笑着。总有一天，你会后悔的；我老叔那人，我比你了解。

　　果然，这天我刚喊小芳一声"婶子"，就被她打断了。"别喊！千万别这样喊！"

　　"为什么？"我不解。

　　"二蔫，还叫我大姐好吗？"小芳可怜兮兮地哀求说。

　　"难道你和我老叔？……"

　　她叹了口气，没有说什么，精神恍惚地走了。刹那间，我俩像交换

在城市里逃亡

了位置，她变成了"二蔫"！

原来，老叔新交了桃花运，把小芳给端了。哈哈，这下子该我捂嘴巴笑了。

自此，再也没有见小芳来上过班。

岁月如风。这天我相亲。我的对象是我的新酒友的闺女，尽管新酒友比我大近乎二十岁，但两人谈得情投意合。当我跟着新酒友走进他的大门时，我一下子愣住了，这闺女不是别人，竟是我那位过去的女同事小芳。看来小芳早有准备，见了我乐哈哈的。其实小芳这人，除了人人都有的那个小毛病外，样样不错。既然酒友要收我做女婿，我也无话可说。但我忘不了要讽刺她几句。"怎么样，小芳，从今天起，我们俩可是平起平坐了吧。"

"那也有区别。有道是，女子女子，女在先，男在后。至少我排在你之前。"

"那不行。男女男女，男在先，女在后……"

正争论着，酒友发话了："喝酒。"

一提喝酒，我精神一振。是的，酒友相聚，哪一回离开过酒？况且今天是个好日子！所以，菜还没端齐，我们就喝起来。"哥俩好！"我淌着口水，伸出划拳的手，迫不及待地喊起来。

"啥！啥！啥！你说啥？"酒友像挨了一闷棍，愤然起身，脸气得像紫茄子，披上衣服就出门了，把我晾在一边。

我还没反应过来，小芳就扑到我跟前，又撕又抓又哭又骂，"这个傻帽二球，死不了的蔫茄子，我爹怎么偏偏看上了你！"

"我没错呀！酒席上不分长晚，再说我跟你爹是酒友，过去一直这么喊的，叫惯了！"

"可今天不一样！你是来跟我相亲，不是来跟我妈相亲！你要想娶我做媳妇，就得喊他爹。"小芳不依不饶。还下了最后通牒：必须在三天内补偿"损失"，让爹回心转意，否则就吹灯！

我的脸一阵红一阵白一阵青。但我实在难以开口，毕竟多年来一直叫他"大哥"。我正盘算着如何开金口，三天期限却一晃而过。完了，小芳说到做到，果然就与我黄了。

微阅读 1+1 工程

　　无事一身轻。一日突然想起了小芳爹——我那酒友。有道是：生意不成情意在。换了今日，婚姻不成友情在。怎么来说，小芳爹毕竟是我的老酒友，不能断了这根线。便去了他家。酒友正在家里自斟自饮，见了我十分高兴，立即拿出新酒杯，要与我一醉方休。"哥俩好！"小芳的爹率先朝我伸出了手。他这一喊，总算让我的心落下来了，于是我也"哥俩好"、"三星照"、"四季财"地乱叫着。

　　正喝着，酒友突然嘿嘿地笑起来，有些异样。我不解地盯着他，知道他醉了。只见他指着我的鼻子骂道："你小子以为占了多少便宜似的，其实我早查过你的家谱，按上三辈排起来，我还该叫你老叔呢……"

　　我差点尿了裤子……

叶子还乡

要不是听见喊"妈"，叶子妈怎么也不相信这就是她的进城当服务员的闺女回来了，见她穿红戴绿的，还以为是仙女下凡了呢。叶子妈拉住叶子的手左瞧右看，问："你是我的叶子吗？"

"正是！"叶子俏皮地说，"妈，你可还是老样子。我爹呢？"

"他也是老样子，天一冷就犯喘病，正睡着的哩。"

叶子掏出两千块钱，一半给妈，春节作花费；一半给爹，等天暖了好去看病。叶子妈一辈子也没见过这么多钱，哽咽了一下嗓子，连忙去把这条喜讯告诉叶子爹。

从此，叶子妈出门时，腰杆儿挺直了好几分，同别人说话，句句不离"我叶子"。

第二天，叶子进门就喊"妈"，说："来客人了。"

妈妈迎出去一看，是一个西装革履的漂亮小伙子，以为是乡干部，就笑着说："同志，请、请坐。"叶子忍不住偷偷乐。

叶子妈悄悄跑进房里，对丈夫说："你快起来陪客，敢情是乡干部要农业税来了。"

农业税连去年的还没交齐呢，自己病着的，又该花多少钱？叶子爹只得起来陪客人，讲自己的农业税如何交不起。小伙子也就顺着农业税的话题同他唠呱。奇怪的是，他没有要农业税，却大谈起"广开门路""第三产业"，把进城开饭店也说成是"致营门路"之一。叶子爹听得好高兴。

客人一走，叶子妈就问叶子："他是哪一级的干部？"

叶子嘻嘻一乐，冲着妈妈的耳朵悄声说："他不是干部，是我在城里打工时认识的老乡。"

叶子妈半天没反应过来，反应过来了，骇得倒退三步，厉声问："叶子，你、你是不是自个儿谈、谈啦？"

"妈，看把你吓的！是一般的朋友。他是来和我商量明年一起进城开饭店的事。"

"可你一个有对象的女孩子，怎么能跟别的男人来往呢？"叶子妈噘着嘴巴不干了："要是让你婆家人晓得了，叫我哪里有脸出门！"说着就哭了。

这时，房里陡然响起拉风箱的声音，越响越高，接着又听见趿鞋响。叶子爹愤愤地跑过来，摸根棍子就要打。"怪不得我看那小子来路不对，就怕是这事，果然是这事。打打打！"叶子吓得直往妈的身后躲。

"算了算了，"叶子妈喊道，"她那样孝敬你，你真舍得打她？"叶子爹一听，举棍子的手耷拉下来，叹口气，回房了。叶子"妈呀"一声，用手帕擦脸上的汗。

当天晚上，媒人就来了，码着大腿，靠在椅子上，要那两千块的彩礼钱。可钱都叫叶子爹治病花了。

"我不同意，我要跟他亲自谈谈。"叶子说。那人是村会计。

"不用了，就是他叫我来退的。"

叶子咬了咬牙，眼泪像断线的珠子一样滚落下来。许久，她猛然转身，拿出两千块钱甩给媒人，媒人张着嘴巴半天没合拢住。临走，才哼的一声，把钱包上，说这钱不干净。

这以后，叶子爹三个月没起床，叶子妈三个月没走远门。叶子可不管这些，第二天就好了，还唱着歌，一口一个"妈"，一口一个"爹"，爹妈要骂出不了口，要打下不了手，真是又疼又气。

叶子出门时，穿着牛仔裤，手插进裤兜里，把身子衬得修长修长、部位突出，可就是觉得左邻右舍的眼神儿不对劲儿。那些老头老太婆，见了叶子不是进屋关门，就是扭头不理，要不就绕道儿走。幸好叶子并不想和这些老古董说话，她想同小姐妹们乐一乐。远远地见小二小三她们在田里扯猪草，就招手喊："小二！小三！"小二小三她们抬起头，朝她摆摆手，又埋头干她们的活儿。

叶子意识到了什么，脸皮顿时就薄起来，像条斗败的小狗一样，低着头回了自己的闺房，歌儿也没有了；照着小镜子，梳着披肩发，叹口气，自己对自己说："还是城里好。叶子叶子，你一定要拿出初中生的勇气来；叶子叶子，明年你一定要把饭店办成功。"说着，脑子里就浮现出一个人来，就盼望快过春节。

　　谁知到了晚上，忽然听见门外有人敲打窗子，低声喊："叶子姐。"叶子出门一看，竟是小二小三，后面还有四五个同村的姑娘。她们一进屋就悄悄地说："叶子姐，你明年还打工不？偷偷儿把我们也捎上……"

协议婚姻

　　亚美尼娅认为，婚姻家庭之所以经常发生暴力、争风吃醋、家务难断、有苦难言，就是因为当事人夫妻之间在结婚时缺乏一部约束双方所作所为的私人法律，亦即所谓协议。如果在该协议里逐条逐句地规范夫妻间的责任和义务，双方依照协议生活和处理家务，那么还有什么断不了的家务事呢？

　　她把自己的构想向律师男友阿帅北江和盘托出，没想到一拍即合。于是，两人在结婚前通过平等协商，签订了一份《亚美尼娅和阿帅北江婚姻协议》，并做了公证。

　　蜜月一过，亚美尼娅就翻看了《婚姻协议》，对丈夫说道："亲爱的阿帅，我们来清算一下这个月的账目吧。由于结婚花销太大，我们夫妻双方共同的收入早已告罄；本月最后几次购买的水果、口香糖和避孕用品等的费用，均是由我的私房钱支出，共计二百二十六元三角四分，请付其中的一半吧。"

　　根据《亚美尼娅和阿帅北江婚姻协议》，婚后无论双方年收入如何，其中每人的 50% 作为共同财产，另一半作为个人私房钱，不受对方支配。

　　阿帅北江说："亲爱的亚美，这一点钱就忽略了吧。你知道，我是学法律的，对数字头疼得很。"

　　"可我是依照协议提出的合理要求。这不是钱多钱少的问题，而是要不要遵守协议的问题。"

　　"好吧，亲爱的亚美。"阿帅北江说，"你说得很对，但除了购物，我们不妨再回顾一下其他方面的执行情况。不久前，我们购买了一份价值不菲的礼品去看望你的父母，有没有这回事？"

"可是，我们也买了同等价值的礼品去看望了你的父母呀。阿帅，这是公平的。"

"问题不在这里。我们去看你的父母时，他们什么也没赠给我，而看望我的父母时，他们却赠给你一条价值2000元的项链。也就是说，我们同等的付出，却得不到同等的回报。这太不合理了。"

"那是因为我的父母根本就不喜欢你。"

"我的父母之所以喜欢你，是因为你善于甜言蜜语哄他们高兴，特别是我的父亲。而协议规定，任何一方不得对其他异性过分亲密。"

"你！阿帅北江，你混蛋！"

这次吵架，两人闹了一天别扭，还好，他们都以大局为重，很快就和好如初。但为了避免类似的事件发生，他们在实施协议时更加严格、寸步不让。

"亚美，在这三十天内，我们共接吻了三百多次，平均每天接吻十次，大大超过协议的规定；其中每天四次是我主动的，符合协议要求，而剩下六次则是你在我不知情时进行的，而且每次大大超过了一分钟。按规定，你得付钱给我呀。"

根据《婚姻协议》，每天两人接吻不超过四次，每次时间不超过一分钟；每周做爱不超过三次，每次不超过三十分钟。在约定的范围内，任何一方无特殊原因不得拒绝。如果超过这个义务，主动方需付被动方安抚费，即接吻一次付款五元，做爱一次付五十元。

"阿帅，你说得有道理。可是我们每周做爱的次数也超过了规定，其中大多数都是你主动提出来的。谈到付款，折扣一下你还欠我的呀。"

"我承认这都是我主动的。可是亚美，其中许多次是在你用眼神勾我时，或在你说'我爱你'时，我才主动的；另外，你每晚都洒一身香水刺激我、裸着身子挑逗我。难道你就不负一点责任吗？"

"你是男人嘛，就应该主动些。"

"可我的收入有限。"

"这又不是嫖妓，花点钱算什么？"

"如果花钱，我觉得还不如嫖妓哩。"

"你！"亚美尼娅扑过去，一口咬在阿帅北江的肩膀上；阿帅北江

"哎哟"一声，立即进行了回击。

"你敢打我？根据《亚美尼娅和阿帅北江婚姻协议》，我提出赔偿要求。"

"你也咬了我，难道不该赔偿吗？"

……

这天晚上，两人一宿没有睡觉。亚美尼娅趴在床上呜呜地哭，而阿帅北江却坐在床上唉声叹气……

天亮时，亚美尼娅抬起头，泪眼蒙眬地看着阿帅北江说："阿帅，你还爱我吗？"

"爱！"阿帅北江说，"但必须申明，这个爱是协议赋予我的权益和义务。爱的过程就是执行协议的过程，尽管有时并不是自己情愿的。"

"不是说爱情是心与心相碰产生的火花吗？如果不是出自内心，还叫爱情吗？"

"没有办法！这就像国家法律一样，它是冷酷无情的，如果在执行中掺杂个人感情，就会失去其公正性。"

"天啦，这可怎么办啦！……"亚美尼娅绝望地哭道。

谁考验谁

有福在乡下也算是一个有志青年，发誓不发财就不娶媳妇，直到三十而立了才盖起两层洋楼，把里里外外、上上下下修饰得跟机关办公室似的。有了梧桐树，招得凤凰来。经过媒人介绍，有福认可了十里庄的姑娘添添。

有福与添添通过邮局交换了相片，一想到又漂亮又聪明的添添马上要落户自己家里时，有福喜得天天美滋滋的。只是有一点：添添十八岁的时候去了南边开放城市打工，后来又用打工挣来的钱参加了美容美发培训班，结业后先给发廊打工，不久又自己租房子开个发廊，名叫"添添发廊"，一干就是五年。按理说，添添也是一个有志气的女孩，可有福不放心的是：如今的发廊不仅美发美容，还供人嫖娼；一提发廊，人们就撇嘴，像添添这样漂亮的女孩，是否也经受不住金钱的诱惑而下水呢？

有福决定：化妆一番，亲自去看一看。

有福搭乘火车来到南边那座富饶的城市，下车后又拦一辆出租车。司机用粤式国语问："去哪？"有福则用南腔北调混杂的普通话答："添添发廊，你知道吗？"

司机挤挤眼睛道："当然知道，著名的'鸡窝'嘛。不过可要小心喔。"

有福心一惊，凉了半截。车开到一条胡同，下了车，有福抬眼望去，只见这条街的两旁果然隔三差五地排着许多发廊，门前的幌子一个比一个转得花里胡哨。有福一边走着一边朝里看，不时遇上几个红嘴唇、白脸蛋、大屁股、高乳房的女郎在门口朝他招手。有福一概不理，心里在说：添添呀添添，如果你真是这种人，看我不把你传扬出去，叫你永世嫁不得人。

这时，有个发廊女拦住了他，嗲嗲地问道："老板，要不要进来享用一回呀？"

"去去去，要享用也不找你！"有福没好气地说。

"哟，老板的脾气还不小。我们'天天发廊'的小姐可是这条街最出名的啦。"

"什么，这里是'添添发廊'？"

"这还有假？天天发廊，天天发廊。你看我们这里的几位白白净净的妹子，哪个一天不抱几回新郎？老板您今天是头一位，怎么，任你选？"

有福心说不对吧，看她们的样子都不像家乡的人。一抬头，原来上面写着'天天发廊'，重音。有福一扭头，继续往前走。一直走到小街尽头，才见到他要找的"添添发廊"。

有福的心不由得狂跳起来。站在里面候客的女孩正是添添。那成熟丰满的气质、纯纯净净的外表，没有一点勾人的眼神。不由得放下心来。

"老板，理发吗？"添添用粤语轻柔地问道，但掩饰不住故乡的口音。

慌乱中，有福决定暂不公开身份。

"小姐，有按摩吗？"坐在沙发上，有福用生硬的普通话问。他真担心自己的口音露了馅，还好，添添似乎并没有觉察出来。

"有的。"添添给他按摩，从太阳穴到后脑勺，从后颈到腰部，仔细地捏了一回，还真舒服。

"躺在床上按摩不是更好吗？"

"对不起，我们没有备床。"

"那么，除了理发，你还提供别的服务吗？"

"洗头、烫发、染发、吹发、负离子直发……"

"不是这些，是那种特殊服务。"

"不好意思，我们没有！"

"我给你钱。"

"抱歉，我们不干这个。"

"给你一千！"

"老板，你到别的地方找好吗？"

"难道你不爱财吗?"

添添笑道:"我当然爱财,但君子爱财取之有道。老板,你真的找错地方了。"

"真遗憾啊!"有福嘴里说道,心里却抑制不住欢喜。看来,自己的担心真是多余的了。

头发作完后,添添微笑地对他说:"老板,你真的想玩小姐?那我给你介绍一个地方,就是街号,那里的小姐可是免费的。"

"免费?不会吧?"

"怎么不会,这叫先赔后赚。第一次给点甜头,为的是以后再挣你的大钱。要不老板你试一试?"

"不!不!"有福嘴里说着,心里却一动:既然有此好事,何不试一试,反正我马上就要离开这座城市,她到哪里去找我?

有福鬼使神谴,一念之差就来到街号,果然看见一个女孩正等在门口,便点头哈腰地说:"小姐,你是免费的吗?"

女孩哼的一声,大声说道:"你错了!有福老板。添添姐吩咐我在这里等候你,如果你真来了,就让我转告你,你们今生没有缘分。哼,你还有脸考验人家呢……"

"啊!"有福脑子里嗡的一声!

 乡　宴

　　乡下表嫂给我打来电话，说表哥越老越不讲理了；他行了一辈子礼节，吃了一辈子席宴，如今老了，却犯起了牛脾气：大姥姥去世了，他只去瞌了几个头就走了，却死活不愿去吃席；叫我无论如何赶回来去劝一劝。

　　放下电话，我也纳起闷来：一向是老好人的表哥，怎么连吃席的礼数都放弃了？太蹊跷了！这时，我想起了我和表哥第一次去大姥姥家作客的情景。

　　那是一个暑假天，我兴致勃勃地赶到乡下大姨家，想和表哥一起领略一下村前小河的欢乐，充当几天"水鬼"，不料恰巧遇到大姥姥家娶儿媳妇；大姨正让表哥去吃喜酒哩，见我来了，就吩咐表哥说："蛋儿，把你良弟也带去吧。"

　　乡下的酒席，听妈妈说过，极丰盛，什么"扣肉"、"丸子"、"卷卷儿"等等，平时连过节也吃不到的。听大姨这么一撺掇，我就拉着表哥蛋儿上路了。

　　小河九曲十八弯，过了七道河水才到大姥姥家。时过正午，酒席已排定，支客先儿正在叫客哩。因为我们是"木碗客"（即孩子客），不用支派，只管拣下座坐好。抬眼观瞧，酒菜陆续排满，那些从未见过的让厨子们忙碌多天的"成席菜"就在眼前，浓香扑鼻。这半尺长的红肉就是那叫"扣肉"的吧？还有那百馅齐全、用腐竹皮包裹的"卷卷儿"更是撩人口水……可此时，那二位坐上首的有些身份的老客还在谦让，而下边的客人也都直愣愣地盯住他们，小半个点过去了还没动筷。在城里作客，一伙人围在桌子旁，一声"请"，大家一齐动手吃喝，哪有这么麻

34

烦？我实在等不得了，抓起筷子就夹卷卷儿吃。表哥踢了我一脚，我没理他。谁知这种非礼的举动被大姥姥看见了，一顿臭骂将我拉了出去。"你这个没教养的馋种，坐上席的还没吃，你就先吃起来了？你看蛋儿多规矩！我家大侄女咋养了你这么个缺德种？"将我骂得哭哭啼啼，食欲顿消，从此再也不敢到乡下去吃席了。

那一年，我七岁，表哥九岁。表哥懂得很多乡下规矩。那次在回家的路上，他给我讲了许多作客的道理。比如，只有坐上席的动手吃，你才可以吃；而且并不是吃喝随便，坐上席的吃什么菜，你得跟着吃什么菜；如果坐上席的放碗了，你也得放碗。总之，坐上席的好比是一桌之长，一切随着他们转。他们是尊客，多为老者，可想而知他们吃饭的质量了。但这是乡下的规矩。

"那，要是没吃饱呢？"我问表哥。

"没吃饱也得说饱了。"表哥蹦蹦跳跳地说，看得出他一直处在兴奋中，"作客就是这样的，弄不好会遭人骂哩。比如我，虽然还饿着肚子，但是能赴一回席，风光着哩。"

我想起我的遭遇，就再也不敢说啥了。

听母亲讲，大姨爹是长子，户族是大户，每年各种应酬繁多，大姨爹见识丰富，不愿亲自去搞那套假应酬，每回都让表哥代表他，美其名曰：锻炼锻炼。偏偏大姨是个"好管闲事"的媒婆，成就了一件美事，少不了赴宴吃席，也让表哥代替，理由是：吃酒吃酒，只有男人才配吃酒嘛。等表哥娶了女人，表嫂又继承了大姨的爱好，这喜酒自然归表哥去吃了。后来，远亲近邻腰包还没起来，礼情却一天天攀比。娶媳妇有"款媒人"、"送日子"、"上路"等等礼节；生孩子又有"吃三天饭"、"满月席"、"周岁宴"；死了人又有"三七"、"五七"、"七七"、"周岁"、"三年"的祭奠仪式。总之，办一件事儿总要折腾三年五年才落幕，平均起来，五天一大宴，三天一小宴。可见，表哥在"宴场"上也算是个身经百战的人了。

不过，表哥一向温厚敦实，恪守礼节，在家乡一带是个口碑甚好的大老实人，如今熬到天命之年了，犯这样的倔脾气实在少见。我决定去看看他。

见到表哥时，表哥佝偻着腰，一副饱经风霜的表情，苦笑地对我说："我知道你会来当说客的。可是我多忙啊，田地要整，果树要修，还有牛羊……"

我唬下脸说："表哥，别扯这个了，你肯定有什么别的隐情吧？不管怎么样，大姥姥百年归世，你得去吃口送灵饭啊。"

表哥压低声音说："良弟，你远在城里，未必知道！乡下的席宴哪叫吃宴啊。从前仗着年轻，饿一顿半顿的能挺得住，如今老了，有病在身，儿子又不愿替代，哪经得起席宴上的折腾。这才是真正的原因啊。"

我叹口气问："都改革开放这么多年了，难道乡下宴席的规矩真的一点也没改一改？"

"改啥哟，酒菜倒是添了不少高档货，山珍海味啥都有，而礼节却更隆重了。比如，每上一道菜，支客先儿都要来谦虚一番，你必须站起来应答；娶媳妇，新郎来行叩头礼，你也得站起来说套话；送死人，孝子来行谢孝礼，请来乐班子，吹鸣打奏，客人们陪着说恭维话……折腾得人哪有心思吃喝啊。"

"那你今天咋办？"

"唉，看在表弟你的面上，我今日还是去一趟吧；不过，这可真正是最后一回了。"

说罢，表哥进厨房忙了半天，我以为在收拾什么东西，就走了进去，一看，表哥正在划拉一碗米饭哩。我笑道："表哥，你这是在自家'吃席'呀？"

"不垫肚子不行啊。"表哥苦笑道，"俗话说，吃了一辈子酒，饿了一辈子肚；赴了一辈子宴，装了一辈子蒜。这是不得已才想起的劣招呀。唉，啥时能改一改乡下这虚伪的应酬啊。"

我哑然无语，再看表哥，眼眶里竟闪动着泪花……

# 妻从乡下来

我进城摆了个买卖，像城里人一样按钟点上下班，收入还算不错；乡下老婆给我打来电话，非要过来"帮帮忙"。我说得了吧，就你成天脚不落地的德性，进城找谁串门去？嘴巴又像个老鸭公，有事没事呱呱叫，找谁说去？三天不到保准你拍屁股走人。女人不解地问：难道城里人就不串门？我说，我讲个笑话你听就晓得了。有一对青年男女约会，谈了半夜，谈得不错，一个说：我该回去了；另一个也说：我也该走了。两人一起走了半天，一个感动地说：你别送了，我自己走；另一个也感动地说：你也别送了。结果一直走到家门口也没分开，原来两人家住二楼斜对门。女人听后哈哈直乐，说没处串门，我就站在大街上找生人聊去。我说算了吧，街上人来人往各干一行，谁理谁？她说难道杀人放火了也没有理？我说有呀，警察就是专管这个的；你想，邻居们相处多年还形同生人，生人谁管生人的事？结果费了半天劲还没有吓住她，原来这婆娘是吃了秤砣铁了心，非要趁农闲进城逛一逛，还美其名曰见见世面！

女人一来，三百元租金一间的小平房里顿时热闹了许多。其实她根本帮不了我的忙，吃饱了三顿饭，无事的她就站在门口大街上东张西望找话茬子。见到人家老太太买菜回来了，就主动打招呼："大娘，买菜呀？""嗯，买菜。你有什么事？"女人见对方眼神不对，连忙打哈哈："大娘，这菜怪新鲜的。""啊，菜新鲜，你到底想干什么？"然后匆匆走了。女人以为生人就这样，一回生二回熟嘛，熟了就好了。第二天遇上人家又迎过去："大娘又上街呀？"大娘比昨天的眼神更不解："有什么事？"女人笑嘻嘻地答："没事，我就是昨天跟您搭话的。"大娘说："没事你捣什么蛋？有事就找警察去。"然后匆匆忙忙地走了。

女人重重地叹了口气，这才深信了我的话。是啊，城里人都是上班族，生活节奏快，没事谁跟你瞎捣鼓，不像乡下，农事归自己掌握。不过这女人本性难移，两三天时间又"撑"不住了，吃饱了饭就去居民楼敲门。很快门开了，一个老头探出头，未等她开口就先说开了："推销什么的？我不要。"女人笑道："大爷，我不是卖东西的，我是来踩门槛（串门）的。""啥？"老头竟不知所言为何物，女人解释了半天他才明白，便进里面拨了一通电话，不一会儿从远处过来一个人，说是居委会搞治安的，把女人盘问了半天，又查身份证又查暂住证，末了厉声警告道："没事不要瞎溜达？知道吗？"女人碰了钉子后，成天站在门口，望着高楼大厦出神，呆头傻脑的，连三顿饭都忘了做，脾气也见长。

一日，生意甚佳，我忙得一塌糊涂，日过中天才回家，肚子早饿得打架。以为菜饭正等着我哩，没想到竟是锅冷灶凉，我不由得起火："干啥去了你？"女人不仅不像往日来温柔，反而脾气比我还大："该你的？""啥？"我吼一声，一只巴掌不知怎么的就落到她的脸上。这妇人遭受奇耻大辱似的，嗷一声，拉开架式朝我扑来。我吃了一惊，撒腿就往外跑，却还是被她逮住了，连抓带咬，眨眼工夫脸上就见了几道伤痕。我"哎呦"一声，且战且退，女人却越战越猛，穷追不舍。不经意一看，我周围满是眼睛，直往这里瞅，好像在说：嘿！哥们，别丢脸。我的脸便红起来，立即反守为攻，拳打脚踢，几个回合就将女人撂倒在地。

女人蓬头乱发，满面泥土，大吼大叫着朝我扑来……

此刻，我多么希望有人来劝一句，找个台阶下，哪怕给我一巴掌，只要平息争斗就好了。可偏偏没有！在家时，我们两口子也经常打架，不过女人的人缘好，左邻右舍你不分我我不分你，非常仗义，只要一家有动静，邻居们顷刻出面，是偷东西的一齐抓贼，是天灾人祸的一齐救助，是家庭不和的连哄带劝。每次和女人打了不到三个回合，邻居大娘就蹦到跟前，一人一巴掌拉开，然后问个究竟，最后骂一声："一个不怨一个。"纷争顿除。女人朝我脑袋一指："就怪你！"我不服："你也有责任。"和好如初。

而今天，行人只瞄了我们一眼，好像压根儿就没有这回事一样，急匆匆该去干嘛去干嘛，没谁有时间管我们的闲事。丢尽脸面的女人再次扑来时，就直奔我的脸，人们说：女人有两厉害，一是手指厉害，一是牙齿厉害。她一张嘴，我的耳朵就掉了一块肉。我痛得怪叫一声，便下了狠心，使出平生力气将女人甩出一丈多远，然后像踢足球一样把她踢来踢去，大有不踢死她不解恨之势。

直到女人晕倒在大路旁，才听到背后嘟的一声停下一辆摩托车，跳下两个警察直奔我。其中岁数大的警察一巴掌把我甩了个趔趄，差点栽倒。"怎么回事，你？"我像傻子一样呆愣着，眼睛都直了，半天才"呜"的一声哭出来，边哭边吼："打吧！再打一巴掌吧！谁让你不早点来的。你早干吗去了？再打我一巴掌吧。"然后直往警察身上撞。警察吓了一跳，问我："你是不是精神失常？"

女人出院时，我的肠子都悔青了。我为我的一时凶狠而痛责，说出一大串对不起请原谅我是猪狗的话。女人却摇摇头不让我往下说。沉默了很久，女人说："我想回家。"我说："那就回吧。"女人说："我再也不想来了。"我叹口气，说："其实有些地方我们还得学城里人哩。"

上车时，老婆掉头端详了一下眼前的高楼大厦，我看到她的眼眶湿漉漉的，眼神里平添了些许留恋和无奈……

拜金时代

　　我是学法律的，自认为掌握了法律就掌握了真理，因为法律往往是评判是非的重要标准。朋友们劝我：还是去捞钱吧，这年头谁有钱谁就是真理。我争辩道：在大街上，一个人踩了另一个人的脚，踩人者就是伤害者，被踩者就是被伤害者；只要掌握了"伤害"与"被伤害"的界线，也就掌握了真理，显然，伤害者是错误的。这是个很简单的常识，难道会因为金钱的左右而改变吗？朋友们便讥笑我孺子不可教也，只顾他们自己捞钱去了。

　　我也不屑理睬他们。可是，这天鬼使神差，我竟然一不小心逛起了大街，更要命的是：因为正想象着将来当律师时在法庭上为正义而慷慨陈词的情景，竟对周围的人熟视无睹。

　　"哎哟!"随着一声惨叫，我的思路戛然而止，同时一个念头在脑子里形成了：他娘的，竟然有人踩了一下我的脚后跟。

　　我当然不会骂人家"他娘的"，但我得教训他（或她）一下，让他（或她）明白，光天化日之下踩人是不允许的，如果你是故意的，你就犯了伤害人的过失，就得赔偿我的精神损失；如果你是无意的，你至少得说声对不起吧。

　　可是，我一转身，却被眼前的情景吓住了，脑子里变成了一片空白。只见踩我脚后跟的人是一位戴着金耳环、金项链、金手表，穿着一万元一套华丽服装的漂亮女人，看那样子，她老公至少是个百万富翁。这时，我才明白，那一声"哎哟"原来是从她嘴里发出来的。我本能地向后退了一步。

　　"你眼瞎了?"百万富翁的老婆冲我吼道。

"什么，是你刚才踩了我的脚后跟呀！"我争辩道。

"住口！如果你不逛大街，我能踩你的脚后跟吗？如果你不在我前面走，我能踩你的脚后跟吗？明明是你的脚后跟硌了我的脚指头，却在这里狡辩！"

"我……"我被她高贵的气质征服了。我得承认，虽然我一向鄙视金钱，但对有钱人的这种气质还是抹杀不了的。

"你知错吗？"

"我、我知错。"我稀里糊涂地答道。

"你悔错吗？"

"我、我悔错。"

"那你到底错在哪里？"

"我错就错在……我也不知道呀。"

"蠢猪！真是一头蠢猪！"

我被百万富翁的老婆骂得满脸通红，好半天才清醒过来。什么？是我的错？明明是她踩了我的脚后跟，怎么会是我的错呢？不行，得找她理论理论！可我一抬头，竟发现周围的人都在用鄙视的眼神看着我，好像我是一个小丑。我退缩了，也许真的是我的错？

正在这时，我突然听见有人喊：快来看呀，一个富婆踩了另一个富婆的脚！

我循着喊声看去，就在不远处的十字路口上，有一个富婆不仅戴着宝石耳环宝石项链宝石手表，而且还挎着昂贵的金制坤包，穿着价值十万的一套金丝羽裳，看样子，她的老公起码是个千万富翁。只见她双手叉腰，眼睛冒火，正在训斥前面的那个女人。这女人一躬到底，唯唯诺诺，可怜巴巴的样子。仔细一瞧，竟是刚才踩了我的脚后跟却骂我"蠢猪"的那个百万富翁的老婆。

"你好大胆！"千万富翁的老婆对百万富翁的老婆吼道，"你好大胆！你竟敢用脚后跟硌疼了我的脚指头。你也不看看我是谁！"

"是、是，我对不起你！"百万富翁的老婆哈着腰陪着笑脸。

"你知错吗？"

"我知、知道。"

"你悔错吗?"

"我悔错,非常后悔!"

"你到底错在哪里?"

"我错就错在,我的老公没有你的老公钱多。"

"哼,算你聪明。"

就像挨了一记重重的耳光,我的脑子里"嗡"的一声,先入为主的价值观顷刻崩溃,撒腿就往家里跑去。

我不知道是怎么回到家里的。回家后,我立即烧了那些自以为能让我掌握"真理"的法律书籍,跟朋友一起"下海"捞钱去了。

金枝和银枝

"两万"婶自打知道自己命中注定无儿起，就把后半生的依托全指望在两个闺女身上。她想：两个闺女美若天仙，一个闺女收两万彩礼不为多，那么两个闺女就值四万。有这四万元的彩礼，何愁老了没得花？所以，她向外宣布：谁能出两万块钱，谁就能娶到她的闺女。

邻村的"百不成"攒了两万块钱，打算娶"两万"婶的大闺女金枝。"百不成"是诨号，正经行业是狗屠夫，以杀狗为生。但他不安心等人送狗上门，而是趁黑夜进村偷狗，名声极坏。加上长一脸横肉，粗眉环眼，三十几还打着光棍。"两万"婶却不管这些，她只认准"百不成"手里的钱。

金枝却不答应嫁给"百不成"，死活不答应，说自己同村里的宝根好上了，心中只有宝根。"两万"婶生气了，说："你嫁给狗我都不管，只要它能出两万块钱。"可宝根家里没有这么多钱。"两万"婶便说："那你就认了'百不成'吧。"金枝是个温顺的孩子，不敢和娘作对，只有向娘跪着哀求。

"两万"婶气狠狠地说："你嫁宝根也可以，先让我死了再说。"说着，就摸出一根绳子往梁上套。金枝不能没有宝根，更不能没有娘，就抱着娘说："娘，你不能死啊，我听你的就是。""两万"婶这才放下绳子。

娘保住了，宝根却难保住，金枝便哭，整夜整夜地哭。哭罢了，就对"两万"婶说："娘，我想过了，我还是要嫁宝根。""两万"婶一听，吼声"我不活了"，抬腿就往水塘里跳。金枝拼命地追赶，一路喊"娘啊娘啊"。"两万"婶跳下水塘后，金枝就赶上了，说："娘，你不能死啊，这回我真听你的。"

眼看嫁"百不成"的日子越来越近，金枝万念俱灰，于成亲前的一个晚上悄悄投水自杀了。

"两万"婶彩礼没收着，还搭上了闺女的一条命，气得把金枝骂了一顿，说金枝害得她丢了两万块钱。

"百不成"娶金枝不成，又打银枝的主意。"两万"婶还是那句话：谁有钱谁就是姑爷。然而银枝照样讨厌"百不成"，照样喜欢宝根。金枝死后，宝根差点也跳了塘，被银枝救起来了。银枝认为宝根是个好后生，除了穷点，啥都好。既然金枝不在了，她就决定替姐嫁过去。

这日，"两万"婶通知银枝说："马上嫁'百不成'。"

银枝说："我偏偏嫁宝根。"

"两万"婶一听，火冒三丈，说："跟你姐一样的傻东西。那宝根给钱吗？"

"给呀！一分不欠。"

"钱呢？"娘不相信。

银枝就掏出一张纸，念道："今欠娘的现金两万元整，每年付款一千，分二十年付清……"

"两万"婶还没听完就跳起来了，骂道："原来他想打欠条？"

银枝笑道："娘，你老今年50，再活20年不多吧。我和宝根虽然没有大钱，但一年一千块钱还是付得起的。另外，你百年之后，我们免费送你上山，给你披麻戴孝。"

"天哪，我在她心里不如宝根。我养你容易吗？我不活了！""两万"婶捧着脸就哭。哭了之后，就找绳子要上吊。银枝说："娘，你上吊吧，我求之不得。你死了，这两万块钱就不用还你了，我和宝根可就占大便宜了。"说完，背着工具下地干活去了。

"两万"婶见吓不住银枝，就追出门来又哭又闹，骂银枝是个不孝的东西。骂完了就往水塘里跳。银枝笑道："娘，你想跳塘玩你就跳吧，我可没看见。"然后又蹦又跳地走了。

"两万"婶见银枝不来救自己，气得从水塘里爬起来，摸根棍子就追过去打银枝，一边哭着一边骂着。银枝起先是小步慢跑，嘴里念着娘教她的童谣：

打是亲，骂是爱，

老娘打儿儿不怪；

早上打出门，

晚上又回来……

等娘追近了，她就大步往山上跑，嘴里喊着："娘，加油啊；不加油就追不上了……"跑着跑着，忽听娘的叫骂声转了弯儿，就止住脚步。

原来，"两万"婶拐到了金枝的坟前去了，一坐下就号啕大哭，说："金枝，你这个傻丫头，你若像银枝一样，娘也逼不死你啊……"

银枝站在"两万"婶身后，等娘哭完了，就笑着说："娘，还跳不跳塘啊？"

"我才不像金枝那样傻！""两万"婶抹把眼泪，站起来拉着银枝就走，说："回去！事到如今，我也没啥说，但宝根必须倒插门来。"

银枝回头望了一眼金枝的坟头，不知怎么的，眼泪竟下来了。

变 迁

1

　　村子里有一对共爷爷的堂兄弟。老二叫通儿，长得小眼锃亮，贼脑猴形，一看就不是老实人。小时候去上学，从生产队的地里溜一趟，扒红薯扯花生摘弯豆，糟蹋一路，气坏了看青的老头。老头专门防他，他就打"麻雀战"，怎么抓也抓不住。

　　老大叫林儿，跟通儿相反。上学时书包正背，瓜田李下目不斜视，仰头走挺胸回，心无杂念。是人见人夸的好孩子。

　　在上学的路上，通儿追上林儿道："哥，你给我看着点儿，我偷的东西分一半给你吃。"林儿不理他，只朝他翘一下鼻子，然后像躲瘟疫一样离去。从不跟通儿同流合污。

　　哥俩读完中学，双双还乡种地。俗话说：三岁看大，七岁看老。这通儿上学是孬种，种地也不是好料。社员们挥汗出力搞生产，他却歪头斜眼打坏主意，跟队长捉迷藏偷懒。而且伸不得手、弯不得腰，几年下地，不会犁田耕地，分不清五谷杂粮。队长天天拿林儿数落他："怎么一个爷日出的种子，一个正宗，一个杂毛？"林儿不怕吃苦，队长让干啥就干啥，早学会了一手庄稼活儿。

　　通儿干活不卖力，队长就扣他的工分，不分派活儿干，而通儿正乐得清闲哩。家里待不下去了，他就当"二流子"，满世界游荡，有时从外面倒腾一些大枣、香瓜回来卖，竟也赚了一些零用钱。别人都拿小眼斜他，吐唾沫骂他不务正业，他也不在乎，倒是抽烟喝酒活得蛮自在。有一年，他听说外县一个村子因集体搬迁而缺少建房的木材，就偷偷收购树木，准备偷运过去赚钱，不料被人举报，公社林管站赶到，没收带罚款，末了还送他上法院，被判了八年徒刑。铐通儿的那天，生产队里欢欣鼓舞，连夜开了庆祝会，庆祝政府铲除了一害。"地富反坏右"，通儿是姓"坏"的那一类。

那位举报者，正是通儿的堂弟林儿。

这年年底，林儿被评上了"生产能手"，披红戴花到县里开了劳模大会……

2

日月如梭、物换星移，一晃八年过去了。这期间，林儿早已娶妻生子，当了生产队的队长。田地也刚刚承包到户，允许农产品自由流通，林儿趁农闲去家家户户收购茶叶，拉到县里的茶叶公司去卖。林儿收购茶叶，不愿压价，说这样做对不起乡亲，每斤只赚个一毛两毛的跑路费。然而把收来的茶叶拉到县里一过秤，斤两总是复不了圆，又压等级，结果没有一次不赔的。自叹不是买卖人，洗手不干了，宁愿老老实实种地。

通儿出狱归来，无人理睬，像夹尾巴狗一般。但他仍然不种地，也去收茶叶。通儿本是"倒爷"的祖宗，收茶叶是得心应手。他收购茶叶，把损失的斤两全算给了茶叶户，等级也压得严。群众骂他太黑心，没劳动教养好，茶叶不愿卖他，卖林儿。后来林儿不干了，人们只得又卖通儿。结果通儿赚了不少钱。

赚了钱的通儿乘胜追击，扩大收购规模，茶叶不再销给本县，而是雇汽车直接往大城市送，甚至往港口城市送，还同外贸企业签订合同。这买卖便如滚雪球一样，越滚越大，钱也就越赚越多，据说好几个银行都有他的存款。盖了楼，买了车，风风光光。

不久，三十五岁的通儿娶了一位刚刚二十岁的漂亮媳妇，还是个大学生哩。通儿整整放了一个月电影庆贺。

3

村里人看到通儿发了财，慢慢改变了对他的看法，同他套起近乎，跟着他学做茶叶买卖，结果也或多或少给自己带来了经济效益。

只有林儿死守着几亩地，挣不来钱，物价却在上涨，如今家徒四壁。

这天，通儿笑嘻嘻地找到林儿家。

"你来干什么？有事就说，没事就走。"

林儿说："当然有事。哥，你干脆去给我看仓库，管吃管穿，每月给三百块。"

林儿正在喝酒——一块钱二斤的那种散酒，正喝得眼珠发红，就阴阳怪气地说："我、我穷苦百姓一个，你、你大老板看得上？"

"你再穷也是我哥嘛，不过，当年你告了我，给我换来了八年大刑，你得给我说声对不起。"

"呸！"林儿一口酒喷到通儿脸上，"告你又咋？难道我当年告错吗？不错，现在政策允许你发财，但这并不说明你有了钱就是好人！"

"好，那你就穷一辈子吧。铁榆木疙瘩！"

"滚！滚！"

骂走了通儿后，林儿把酒瓶摔得满地玻璃碴儿……

第二天，林儿下定决心，承包了别人丢弃的荒山和沙地，在山上种杉树，在地里栽果树，树间种药材，虽然比别人流汗多，但几年以后，荷包袋也渐渐鼓了起来。

真是商海变幻，吉凶难料。这年，通儿因为做大买卖亏了，亏得倾家荡产，车没了，房子被抵押，老婆也不回家，落得垂头丧气，难以见人。只有林儿去看过他。

通儿说："是不是来笑话我？"

林儿笑嘻嘻地说："NO，NO。兄弟，我是想告诉你，谁跟土地较劲，任何时候都会栽跟头；商场无情，只有土地才不会翻脸不认人啊。"

 # 爱情和皮鞋

新世纪的格言：男人要征服女人，首先要征服世界；女人要征服世界，首先要征服男人。所以，小伙子们重任在肩，你想讨女孩欢心吗？赶快创业吧，于是个个累得精疲力竭去挣钱。女孩则躺在安静的地方睡大觉，一边吃着零食，一边冷眼看世界，于是个个养得膀阔腰圆，怕男人不要，又忙着减肥；然后看准了一位"成功人士"，壮起贼胆蠢蠢欲动。

X城的小伙子都是好样的，一踏出校门就意识到生存危机，大家分头努力，闯官场、当老板、炒股票、搞发明、打洋工，最末等的也混出个高级白领，累得腰酸腿软，挣的钱不敢乱花，偷偷存起来，为了讨老婆。

X城的姑娘心有灵犀，觉得时机基本成熟，不约而同地从床上爬起来，精心涂抹一遍化妆品，穿最好的衣服，出门追赶自己的目标，略施小计，就让那些贪油猫们就范，乖乖地听自己摆布，买高楼、开洋车、逛商城，手挽手出入娱乐场所，再把男人剩下的钱一扫而光。于是，不争气的男人转眼间两手空空——不仅没有钱，连女朋友也另攀高枝了。

X城的小伙子们唉声叹气。但他们毕竟是好样的，沉沦之后又振作起来，决心卷土重来。为了汲取教训，他们相约：20年内不谈女朋友。

尤思先生已有创办公司的经验，这一次轻车熟路，很快就把企业办得红红火火、步入正轨。艾蒂小姐是尤思的前任女友，如今已富得流油，穿得珠光宝气。她见尤思重现了往日的风采，又想投入他的怀抱。

"尤思，我们恢复关系吧。这次我不会再抛弃你了。"

"可是，我已决定在20年内不处对象。"

"嘻嘻，三日不见，你变出息啦。"艾蒂眼珠一转，笑道，"那，就让我先做你的秘书吧，我辅助你创业成功。"

"到本公司任职当然欢迎，不过，你必须和其他员工一样遵守这里的规章制度。"

"OK！"

艾蒂以为什么好狗不吃屎？只要我拿出十分之一的功夫，别说20年，20天不到他就得拜倒在我的超短裙下。于是，她无心干工作，而是瞅准一切机会向尤思抛媚眼、送嗲声、撒娇声。可尤思除了向她布置任务，从来不和她说任何话。

艾蒂气得嘴巴噘出老高，一赌气，天天躺在沙发上睡大觉。

这天，尤思终于打来内部电话，让她速到经理办公室去。艾蒂大喜，心想只要进了他的单间屋，什么好事做不了？我就知道这小子，不是神仙的料！

谁知一进门，尤思就沉着脸问她："我交代的事做得怎么样？"

"嘻嘻，别较真嘛……不，还剩下一点点、一点点。"

"你根本就没有做！"尤思大吼一声，"而且，过去的每份工作你都心不在焉。你已不适合这里的工作，去财务室领工资，另谋高就吧。"

"你——"艾蒂恼羞成怒，扑过去就给尤思一巴掌。

接着，艾蒂又试了几位成功人士，依然滴水不进。

看来，X城实在待不下去了。艾蒂只好和其他女孩一起去了别的城市，另找新猫。

艾蒂走后，毕维小姐又应聘而来。毕维是那种知识型女孩，沉稳而矜持。当别的女孩一窝蜂去征服男人时，她从不参与。她想：女人应该是那支羞答答的玫瑰静悄悄地开，让男人主动伸手来采摘；好花不怕巷子深，何愁寂寞开无主？万一没人光顾，只怪自己不够香，那就老死树下，化作春泥再护花。

毕维兢兢业业做事，实实在在为人，工作之余还多次向老总提出合理建议；有空时就擦拭桌椅，收拾自己的房间。她的与众不同之举，引起了尤思的注意。经过长期观察，尤思认为她是个各方面都很出色的女孩。一旦怦然心动，爱河之闸何愁不开？

在办公室里，尤思拉着毕维的手说："做我的女朋友好吗？"

"这太令人意外了。我知道你发过誓，在20年内不谈女朋友。"

"不，这个原则只适用于那些找上门来的女孩；而我主动看好的女孩不在其内。"

"可是，也许我还不够漂亮，年龄也不比你小多少……而像艾蒂这样的新潮女孩，你都拒绝了。"

"我是真心的。"

"那，就让我们先做普通朋友吧，一旦有更好的女孩，我们再分手。"

尤思摇摇头，从柜子里拿出一双新皮鞋，问道："你看它值多少钱？"

"500元吧？"

"不，我花100元就拥有了它，因为它是一个上门推销的人说尽好话我才买下的。我怕上当受骗，一直没穿过。你再看我脚下这双皮鞋，是否与它一样？"

"不错，好像是一个模子生产出来的。"

"可它却花了我1000元，因为我是专程到商场去买的，标价就这么高。为什么同样的鞋，到商场上买的跟送上门来的价值不一样呢？"

最后，尤思双手搭在毕维肩上，深情地说："你在我心中，就是一个最有价值的女孩。你是我认准了的，怎么会轻易放弃呢？"

听了这暖融融的话，毕维的眼眶湿润了，幸福的潮水奔涌而来。朦胧中，一支盛情开放的玫瑰花，正被一双有力的大手小心摘下去，别在一副宽阔的胸前……

她情不自禁地扑在尤思的怀里。

据说，远在Y城的艾蒂闻讯后匆匆赶回来，诘问尤思自己哪一点不比毕维强？尤思则冲她诡秘地一笑，拉着毕维走了。

同行的女人

有一个女人，名叫阿佳。阿佳已婚，因丈夫富有，自己也随之富有。丈夫越富有，阿佳就越担心他拈花惹草；自己越富有，就越担心失去这个富有。然而，尽管平日里严防死守，她还是阻挡不住丈夫得陇望蜀，有一天丈夫甚至把一个叫阿艺的女人带回家里，在自己的床上苟合，让阿佳撞了个正着。

阿佳不干了！阿佳认为钱壮色胆，这胆就越壮越大，才结婚三年就这样，说不定哪一天自己就被炒了鱿鱼。这可不是小事！于是她不依不饶，寻死觅活。本意是用哀兵之计逼丈夫回心转意，没想到物极必反，丈夫不胜其烦，一咬牙宣布离婚。阿佳力挽狂澜也无济于事，只好拿了20万元的"补偿"费，于结婚三周年的纪念日当了"弃妇"。

阿佳恨死了这个阿艺！好你一个臭婊子，如果不是因为你，我能沦落到这般田地吗？我被一脚端了，你却逍遥自在！我没好日子过，你也甭想有好结果——我先杀了你，然后同归于尽，咱们都别想活下去了！

阿佳准备好一把锋利的短刀，费了很大功夫才找到阿艺，尾随她走到一间出租房跟前。阿佳拼命地踢门，好半天才有人把门打开，一看却不是阿艺，这人是个男性，穿一身黑衣服，长得倒挺帅。阿佳顾不上理他，一个劲儿往里冲，被这个男人死死抱住。阿佳歇斯底里地喊："把阿艺这个臭婊子交出来。我杀了她！我杀了她！"挣扎了一阵子，终于冲进里间，然而却没找到阿艺。阿佳质问黑衣男人："你把她藏到哪里了？不交出来我先杀了你！"

"大姐息怒！大姐请坐！"黑衣男人又鞠躬又作揖，一副孙子相，"你能不能告诉我，你为什么这样恨阿艺？"

"她是个婊子!"

"难道婊子就该死吗?"

"她敢跟我的男人睡觉!"

"可是,妓女一般都和已婚男人做交易,这并不奇怪。"

"就因为她和我男人嫖娼,我男人才把我甩了。这还不够可恶吗?"

"哦,原来是这样!"黑衣男人恍然大悟,"大姐,请不要生气,容我和你交交心吧。请问大姐,你很爱你的前夫吗?"

"爱他?"阿佳嗤笑一声,"就他那副又丑又缺德的样子,我何曾爱过他?如果不是图他有钱,日后能过上富足的生活,我怎么会嫁给他!"

"既然你不爱他,离开他又何足惜?"

"不离开他,我就可以继续花那个混蛋的钱,一辈子吃用不愁。可现在,我只得到 20 万元的补偿。三年啦,我才得到 20 万,不够我一年的花销!"

"三年? 20 万?也就是说,管吃管住,你每天还有 200 元的报酬。也不少哇,大姐!"

"每天 200 元就值吗?我给他做饭,给他洗衣服,晚上还把身体交给他。而阿艺这个婊子,半个小时不到就收入 300 元。跟她相比,我值吗?"

"可是,妓女也不容易呀!"黑衣男人从床边抽出一张新报纸,指着上面的一幅照片给阿佳看,"你看,这是警察扫黄时抓住的三陪小姐。妓女干的是一项危险职业,白道黑道一齐对付她们。比如,一旦被警察抓住,就得挨罚,多少辛苦就会付诸东流;何况,小偷、劫匪们也都把黑手伸向她们,有多少妓女为此付出了生命代价呀;而且,妓女更容易患性病,经常遭遇羞辱,甚至受到终生伤害……"

阿佳倒抽一口凉气!是啊,小姐被害跟小姐被抓的新闻一样不绝于耳,阿佳可没少听见。这时,她又不免有些幸灾乐祸,感到心里稍稍有些平衡了。

"可是,我嫁人是合法的,而妓女却是违法的。她们怎么能和我相提并论?"阿佳还是愤愤不平。

"其实,嫁人也好,卖淫也好,合法也好,违法也好,目的都一样啊。就是把自己的身体提供给男人，以便交换相应的报酬。如果说女人的身体是商品的话，那么嫁人就是'批销'，而卖淫就是'零售'，所不同的是，一个披着合法的外衣，一个得不到法律支持而已。大姐，你刚才也说了，你嫁人无非是图过个好日子，即便离婚了，也有相应的补偿；妓女也一样，不都是为了赚男人们的臭钱吗？"

阿佳仔细琢磨这些话，奇怪！竟无言以对了；就连刚才的满腔怨恨也跑到爪哇国去了。不由得抬眼看了看这位陌生的男人，他通情达理，见解深刻，善于化干戈为玉帛；加上他长得又高大又帅气，白白净净，风度不凡，阿佳不知不觉就喜欢上了他。便含情脉脉地说：

"先生，听君一席话，胜读十年书。你是第一个凭自己的才学让我心动的男人。我们交个朋友好吗？如果你未婚，我愿意批销给你；如果你已婚，我愿意零售给你……"

"不！不！"黑衣男人闻言吓了一跳，连忙拒绝。

"唉，想想我阿佳长得并不丑啊！批销不行，零售也不行，你分明是看不起我，我还有脸见人吗？你不答应，我就自杀！"阿佳掏出短刀对准自己的脖子。

眼看就要出人命，黑衣男人喊声"慢"，立即脱去自己的上衣，露出一对高耸的乳峰。

"你、你原来是个女人！你为什么要骗我？"阿佳羞得满脸通红。

对方又笑眯眯地掀掉自己的假发。阿佳这才认出来，她就是那个可恶的妓女阿艺。

"是你？好卑鄙的女人！"阿佳恼羞成怒，又把短刀对准阿艺。

"大姐，难道我刚才的一席话就白说了吗？其实我们都是同行。有道是同行是冤家，这好理解。可我们为什么就不能和平共处、互利双赢呢？比如，谈到批销，你比我有体会；谈到零售，我比你有经验，我们何不总结交流、取长补短，接着去赚其他男人的钱呢？"

阿佳长叹一声，终于放下了手里的短刀。

从此，阿佳和阿艺果然就成了一对好朋友。

 # 潘老巧儿

潘老巧儿外出回家时，正赶上村里搞摊派，每人出工五天，替村干部们挖果园。

"妈，出不出工？"儿女们纷纷来讨主意。

"天，怎么老有任务？不是交钱就是干活。"

"问题是出不出工？不出工就出钱——村主任说的。"

"这还用问我？人家出工我也出呗。"

"可大家伙儿都不愿出工。"

"这是真的？"潘老巧儿吃了一惊，"我去问问。"

潘老巧儿有个对付上交摊派的办法，就是别人咋着我就咋着，一切随大流儿。她有一个口头禅：大家能过我也能过。不出头，也不落后。难怪人们叫她"老巧儿"。

可今天的事儿却与以往不同。往常都是百依百顺，村里的摊派款再多，肚子里再不服气，也只好磨磨蹭蹭交上了，不交人家就来抬东西，有"兑现队"哩，有意见你背后提去吧。可今天大伙儿都不愿出工，又不愿交钱，可是有史以来第一回。

潘老巧儿又兴奋又担心，急忙一家一户去打听。

"张家的，你出不出工？"潘老巧儿问第一家。

"你呢？"这张家的反问。

"人家出我也出呗。"

"我也是，人家出我也出。"

"他娘的！"老巧儿暗中骂道，"把老娘的话学去了。"

"李家的，你出工吗？"

这李家的跟潘老巧儿要好，就悄悄告诉她，说队长跟村主任较上了劲儿，说这派工不符合文件——上头有新文件呢。队长让他们都莫出工，他自己则进县政府告状去了。

潘老巧儿异常激动。不出工才好呢，队长告赢了才好哩，可她又拿不准。队长同村主任干，干得过吗？干急了"兑现队"来抬东西怎么办？这队长也是的！出工就出呗，不就是劳累几天吗，算啥？往日能过今日就不能过？

潘老巧儿正提心吊胆地琢磨着，见槐树村卖豆腐的老田过来了，就迎上去问："田师傅，你们村有派工没？"

"有。一人五天，乡里统一规定的。"

"都出工没？"

"不出能行？每人交五十元顶了工。"

潘老巧儿一听，放了心。赶忙招呼儿女们回家，工人分一把锄头，道："快，槐树村的人都出工了呢，咱们村迟早也得出工。"

村里还是没人出工，只有潘老巧儿领着一家人干了几天，她暗暗讥笑人家：到时抬你们的东西，你们才后悔呢。

就在这时，队长回来了，高兴地宣布："官司打赢了，村里的额外摊派一律取消。"

"不用出工了？"

"不出工了，这是非法的劳务。"

潘老巧儿听得目瞪口呆："不对吧，槐树村每人交五十块钱顶了工呢。他们出了工，我们还能不出工？"

这时，卖豆腐的老田恰巧边吆喝边走了过来，潘老巧儿就问："是不是，田师傅？"

"谢天谢地，钱都退回来了。村主任还给我们道歉哩。"田师傅高兴地说。

潘老巧儿傻了半禾眼，在别人的欢叫声中给了自己一个耳刮子，悄悄地溜了回去……

双喜的教训

今天，他又要和她见面了。

他想，那时自己多么呆呀，呆得没有一点灵气。那是十几年前，他们的家分别住在上下两屯，他那时是一名小学教师。他们的年龄虽然相同，可她却像大姐姐一样懂得人情世故（她本来就是他远房的一个表姐），哪像他这样颟顸，枉为小知识分子。在他家，她问他："双喜弟，你有鞋穿吗？"他答："我有。我有好儿双布鞋哩。"她又问："冬天的棉鞋你有吗？"他说："我有。我有两双哩，我妈做一双，我姐做一双。"她就叹口气，没有吱声。后来在一个去看电影的晚上，她偷偷地喊住他，说："双喜，送你一件东西。""啥东西？""棉袜子。""我姐说了，她马上就替我赶做呢，就不麻烦你了。谢谢。"他急急匆匆地去看电影，心里还一边埋怨她咋这样死心眼儿。他根本不懂得这是一个姑娘金子般的心啊。他自然不知道她当时是如何伤心的，只知道到她出嫁时也没有见过她一次。

等他明白事理了，就觉得满心的后悔。特别是后来他每逢和妻子闹别扭、合不来时，就情不自禁地想念她，就恨自己的糊涂和不开窍儿。当他初通男女之事，决心再接受她的礼物时，她已另有人家了。否则，他的生活该是另一种样子。

正像人们所说的：有缘分的怎么也躲不掉呢。没想到的是他会中年丧偶，而一年前她也不幸丧夫。丘比特大仙第二次将箭镞射向他们。昨日他托人去约好了，地点就在市场旁边的一个僻静处，见面说说话儿。他早去了一个钟点，坐在一边盘算着。他想，我一定再汲取教训，不能一而再地错过一个好姻缘啊。

"你来啦？"他站起来说。

"来啦。"她笑笑。

"你长瘦多了。是哩，一个人当家，好操心。"

"你却胖多了。"

"我傻吃傻干，能不胖？"他摸摸脑袋笑道。

沉默了一会儿，她问："双喜弟，你儿子……他咋样啊？"

"他……"他不知道怎么回答。他想她为什么问起儿子呢？又怕是别的意思，怕说错了引起误会，当年那双棉袜子就是因为理解错了……"问他干啥！那小子就那样，成天像个……"他来不及细想，随口说道。

"他的脾气不好吗？"她又问。

"他……年轻人就那个德性呗。"

"你女儿呢？"良久，她又问。

"孩子嘛，都是那样子的，要不咋叫孩子？"

她就低下头，好像在叹着气。

"你儿子呢？他好吗？"他不知道该怎样接话，突然冒出这一句。

"我没有儿子，就一个闺女。"

"你看我！"他摸摸脑瓜子，"那你闺女她？"

"她倒是好孩子哩。她跟我讲：娘，你要找后爹，我不拦你。我将来出嫁了，你也好有个伴儿。"

他恍然大悟，明白了她刚才为什么总提他的儿女。他连忙说："其实我的儿女也十二分的愿意哩。"

"又哄我！刚才还说脾气不好。"她说，"自古后娘不是好角色，谁乐意呢？像我闺女一样通情达理的孩子，少。"

"他们真的愿意，早上他们还催我早点来哩。"

"你尽说好听的。"她摇摇了头，"双喜弟，后娘难当啊！我寻思等一年半载再说吧。"说着，眼泪就含在她的眼眶里。

他急得跺脚，他发誓、他赌咒、他捶自己的脑瓜子，可就是没用。望她蹒跚远去的背影，他又一次悔恨得想哭……

户口风波

公司新招聘的打字员小艾，就坐在大陆的办公桌对面。一次，大陆突然从抽屉里掏出一张身份证，朝小艾面前一晃，道："小艾，看看这是什么？"

"嗨，这不是身份证吗？"小艾说。可没等小艾看清上面的文字，大陆就把身份证收回去了。"怎么不让看？不会是假的吧？"小艾嘟囔了一句。

"你怎么知道这是假的？"大陆追问道。

小艾正准备埋头做事，以笑作答。

谁知，此后一连多天，大陆都要追问这件事："小艾，你凭什么说它是假的？""到底是真的还是假的？"小艾追烦了，就不耐烦地说："我又没有看清楚，怎么知道是真的还是假的？这样吧，是真的还不行吗？"

接着，大陆开始骂公共汽车上的外地人。早上上班，他同小艾一样，夹着时髦的皮包，穿着时髦的服装，迈着急匆匆的步子上车、下车、坐电梯、进公司。不同的是，一进公司就有满腔的怨言发泄出来。

"你看看那些背大包小包的外地人，身上那个脏啊。""一点儿教养也没有，哪儿有空就往哪里挤。""这些外地人，不好好在家乡待着，到这里来瞎闯什么劲儿。"

小艾接口说："人家也不容易，再说这里也需要他们，自由竞争嘛。"

"可你就老老实实坐车得了，干吗与我们抢座位？"

小艾反驳道："兴你坐，为什么不兴别人坐？"

大陆无言，便问小艾："小艾，你怎么老替外地人说话呀？好像你就是外地人似的。"

小艾正埋头写东西，就应付一句："我是外地人怎么啦？"

"真的？你真是外地人？"大陆一连问了好几遍。

"外地人怎么啦？"小艾没好气地说。

"小艾，如果你真是外地人，我劝你千万要保密，不能说实话。"大陆小声而神秘地说。

"为什么？"小艾抬起头问。

"因为外地人来这里找工作太难了，一有学历限制，二有户口限制。你是什么地方人？你的身份证一定是假的吧？要不然你也不会被录取。所以，许多外地人都造假身份证，我住的地方就有造假身份证的。"

可小艾确确实实是本市人，虽然远居农村，仍然属于本市管辖，便叹了口气，算作回答。

从此，大陆一生气，就把小艾当做"外地人"进行攻击。

"你们外地人，说话带着口音。"大陆恶狠狠地说。

小艾反击说："难道你们'本地人'说话带着鼻音？"

"那是因为最近我的鼻腔不好，又经常感冒。"

小艾忍不住哈哈大笑起来。

"你笑什么？难道你不相信？"大陆不解。

"事实胜于雄辩嘛。"

"难道你真的不相信我是本地人？"大陆又神经兮兮地追问。

"假的真不了，真的假不了。"小艾故意兜圈子。

没想到，大陆为这件事耿耿于怀，一有空就逼问小艾，凭什么认为他不是本地人。看到他较真的样子，小艾偏偏不置可否地笑，好几次都把他气得直拍桌子。

一天，总经理突然拍了一下小艾的肩膀，脸色严峻地问："听说你是外地人？"

小艾大吃一惊，知道大陆告了黑状，连忙申辩道："总经理，这怎么可能？"

总经理严肃地说："你知道，我一向不招收外地人，一是奉命为了关照本市人口就业；二是为了公司的安全……"

"我有户口本，我明天带户口本不就清楚了吗？"

结果自然平安无事，但毕竟受了一场虚惊，小艾便重新提防起这个大陆了。其实，任何人都能听得出来，他大陆才是外地人，一是他的口音不纯正，虽然学说本地话，却难免一字半句"原形毕露"；二是当初小艾看他的身份证时，他躲躲闪闪的；还有三……

就在这时，小艾在室内意外地捡到一个信封，只见信封上款写的是：市街道门号房东转大陆收；下款则是：省市镇村父亲缄。啊，一个信封印证了小艾的猜想！终于找到把柄了，小艾心头一喜，决定即以其人之道，还治其人之身，谁让他这样小气来着！

大陆匆匆赶回来，一把抢走了他的信封，脸窘得像鸡冠子，急得手脚无措，一脸哭相。

"你说，大陆，这事怎么办吧？"小艾冷冷地望着天花板。

大陆一把抱住小艾的肩膀，使劲摇晃，哀求说："小艾，好兄弟，就算哥哥求你了，过去都是我不好行吧？从今之后，我一定对你好行吗？你应该知道，外地人来找工作是多么不容易啊！"

小艾哈哈大笑，说："大陆，你放心，我什么也没有看见！"

"好小艾，"大陆擦擦脸上的汗，"哥算认得了你的好，哥决不亏待你了，哥下班后请你吃饭。"

吃亏在家里

有个乡下人，姓卜，人称卜吃亏。卜吃亏喂了一头大母猪，每年产下 2-3 窝仔猪，然后他把仔猪养到能够独立生活了，就送到养猪场出售。每头仔猪价值 100 元。一天，卜吃亏在养猪场里看到一伙人正把一头头大肥猪抬到车上，拉到屠宰场上去卖，而这些猪一眼就认得出来，正是自己出售的那些仔猪长大的。卜吃亏好奇地问："这一头大猪要值多少钱？"有人告诉他："大约值 500 元钱。"卜吃亏一听，吓了一跳！他想：我一头仔猪才卖 100 元，而他们喂大之后却值 500 元，也就是说，他们比我赚得还多哩。卜吃亏就决定：往后就不再卖仔猪了，留着自己伺养。卜吃亏把仔猪喂到半年后，也长成了大肥猪。卜吃亏就把这些肥猪拉到屠宰场去卖，果然每头猪卖出 500 元，他心中十分高兴。正在这时，他看见屠宰场的人把生猪屠宰后装进车厢里，往食品厂里送，就好奇地问："一头生猪屠宰后要卖多少钱？"一个人回答："大约 700 元。"卜吃亏一听，吃了一惊。他想：他们买我的生猪，一头才花 500 元，而屠宰后却能卖出 700 元，这太吃亏了。于是，卜吃亏决定：往后生猪就留下来自己屠宰。卜吃亏将屠宰后的猪肉拉到食品厂里去卖，又看见食品厂的人把猪肉制成香肠，装进纸箱里，往商场里送。卜吃亏好奇地问："一头猪肉制成香肠，要值多少钱？"一个人回答："大约 1000 元。"卜吃亏一听，眼睛都瞪直了。他想：我一头猪肉才卖 700 元，他们却卖出 1000 元，这太划不来了。于是他决定：往后不卖猪肉了，留作自己生产香肠。卜吃亏的儿子叫卜外流，就是"肥水不流外人田"的意思。他耳闻目睹了父亲卜吃亏的经营之道，十分佩服，大加赞赏。卜外流是个孵化专业户，建有暖房，每年要孵出很多仔鸡来，然后出售给养鸡场。卜外流借鉴父亲卜吃亏的经验，仔鸡不再出售，而是由自己养成肉鸡，然后屠宰掉，制成烧鸡，最后也像其父亲那样向商场批发……这天，卜吃亏来找儿子卜外流，一坐下来就口打唉声，恨得牙齿格格响。卜外流问："爹，你遇到了什么不愉快的事？说出来让我听听。"卜吃亏道："我今天去串了几家门，看到他们家家都在吃香肠，那香肠不是别人生产的，偏偏出自我的手。看到别人吃得那个香呀，我心里难过极了。我家生产的东西，为什么要让别人来享用？这不太吃亏了嘛！"一句话提醒了儿子卜外流。卜外流道："对呀，爹。我也正要向你诉说这件事哩。听说我的烧鸡也是让那些从来没养过鸡的人吃了。我辛辛苦苦生产出来的东西，干吗让别人大快朵颐？这太不公平了。爹，你有主意，你说这事怎么办？"卜吃亏毕竟是不吃亏，老谋深算，只见他咬了咬牙，道："这事我已经想好了。这香肠不能再卖给别人，留作我们自己吃。""可是，那么多香肠，我们怎么能吃得完呢？""送你作鸡饲料啊！同样，你的烧鸡也别便宜了外人，也留着我们自己吃，吃不完给我作猪饲料。如此一来，我就省去了猪饲料的钱，你也省去了鸡饲料的钱。岂不两全其美？"卜外流拍手道："嗯，这主意的确不错。肥水岂能流向外人田？爹，就按你说的办。"父子俩商量过后，卜吃亏不再把香肠卖给商场，而是留作自己享用，吃不完的香肠就送给儿子卜外流作鸡饲料；卜外流也是这样，他把自己吃不完的烧鸡送给父亲卜吃亏作猪饲料，彼此交换。谁知不久，一场鸡瘟突然袭来，卜外流的鸡场空无一鸡，全死掉了。卜吃亏那边等着儿子提供饲料哩，结果连猪场的猪也慢慢饿死了。父子俩蒙受了重大损失，难免伤心得抱头痛哭。哭过之后，卜吃亏突然嘿嘿笑起来了，擦擦眼睛道："儿子，其实也没啥。你想想，便宜也罢，吃亏也罢，反正都让我们爷儿俩占了，外人根本沾不了边不是？"卜外流一听，也破涕为笑，道："爹爹说得极是。好事也罢坏事也罢，反正外人都捞不着；肥水也罢，寡水也罢，反正都在自家田里哗哗流着哩。"最近，听说卜吃亏和卜外流又变卖家产，打算卷土重来哩……

公司里没有办公室主任

　　黄哥随几个应聘的女孩走进一间大屋。里面主要有一部电脑，三张桌子，还有一小间被分隔开的档案资料室。一位秘书模样的小姐随即进来，对他们说："老总吩咐，今日试用，各位自己选择自己能够胜任的工作。"

　　那位最年轻的女孩径直走到电脑桌前，看到已有一叠手写的材料放在桌子上，上面写着一句话：请把它打印出来。于是她微笑地打开电脑主机。

　　戴着深度近视眼镜、一看就知道学历不凡的那位女孩朝档案室走去……

　　还有一位好像下岗职工的女士，犹豫了半天，拿起了擦地板的拖把……

　　另外两位小姐，环顾四周之后，依依不舍又无可奈何地走了出去，乘电梯离开了公司。

　　黄哥胸有成竹地注视着眼前发生的一切。"自己能胜任的工作"，除了我的本行外，我还能胜任什么呢？那张相对独立的、上面安装着电话的办公桌，不就是为我而准备的吗？除了我又有谁能够坐得了它？于是他稳稳当当地坐了下去，顿时心中产生一股优越感。

　　第一件事，他掏出自己的茶杯，给自己冲了一杯茶水。

　　第二件事，他取来报夹，翻出最新的报纸。

　　一边品茶，一边读报——多年养成的习惯了。浏览了几则新闻之后，他把眼光重点集中到那些逸闻奇事、史海钩沉上，脸上时而鲜花怒放，时而眉头紧锁。

"啪!""哈哈哈哈……"拍了桌子,又发出一连串的笑声之后,黄哥觉得奇怪,不由得抬起头来,只看见电脑桌旁打字员像弹钢琴似的展示着她的优美动作,并听到从那里发出的噼噼啪啪的响声;一扭头,档案室里那位"学究"正躬身整理材料,而那个下岗女职工,则在收拾卫生间……

竟没有人顾得理会他!

太沉闷了!黄哥感叹道。过去坐办公室主任这把交椅的时候,只要自己打个喷嚏,就有人来问候;如果像今天这样发出笑声,大家会不约而同地地围过来,好奇地朝他打听详情,然后陪他一起嬉笑或怒骂一番,时间就这样不知不觉地打发掉了。那滋味……

今天就不同了,一点当主任的感觉都没有。你看这些傻乎乎的女孩子那个忙碌劲儿!可能她们怕我这个办公室主任吧?其实只要老总不在场,我一个主任哪较这个真?

于是他以领导的口气对大家说:"你们歇一歇,喝点水什么的,劳逸结合嘛。"

竟没有回音,也难怪!像她们这样全神贯注地干活,怎么可能听见?黄哥叹口气,站起来去拿水瓶。但他马上又住手了。凭经验,愈是初次见面,愈要保留主任的架子,不然今后怎么相处?便对下岗职工说:"喏,你先别忙,给大家冲一杯茶。你看,大家都很辛苦,不喝茶怎么得了?你也喝一杯嘛。"

下岗职工唯唯诺诺地照办了。

黄哥又找到了过去当主任的那种感觉……

要下班了。上午那位秘书小姐推门进屋,道:"总经理请你们进去。"

关键的时刻终于来了。除了黄哥之外,大家都屏声静气,一脸紧张。

黄哥率先走进总经理室,朝靠在沙发上的老总嘿嘿地笑了几声,想说几句话,见老总板着面孔,就噎了回去。老总只冲大家点下头。待大家落座之后,老总问第一个人:

"你今天都干了些什么?"

"我把今天的文件都打印出来了,已经交给了秘书处。"

"你呢?"

"我已经分类整理了约三分之一的公司档案材料，并作了卡片。"

"你呢？"

"我将室内室外地板、玻璃和桌子擦了一遍，还打开水、订报纸……"

"那么你呢？"最后老总问黄哥。

"我？"黄哥不好意思地笑了笑，"当了一天办公室主任。"

"请具体一点。"

"看报纸、喝茶、领导她们……"

"你应该知道，我们公司的职员都是一个萝卜一个坑的。明天……"老总打断他的话说。

黄哥急了："老总，我不明白，偌大的办公室，怎么可能没有主任？"

"我们每个人都是在效益的驱使下工作，是效益在验证每一个人的工作。好了，该下班了。"老总站起来，夹着皮包，昂首走出他的办公室。

黄哥懊丧地掉在后面，不敢面对他人。已被录取的下岗职工回头对他说："你应该到国有企业去应聘。"

黄哥脸一红。下岗职工有所不知，他正是刚刚被国有企业解聘的。

真假私奔

　　新集县公安局刑侦处收到一封来自南国的检举信。写信人王兵是本县妙集青年，现在深圳打工。检举内容是：五年前他的初恋情人米红因为家贫被迫嫁给本镇首富吴成大，王兵悲愤交加，南下打工至今未归。谁知最近他得到消息，米红三年前就失踪了，是跟一个外地弹棉花的私奔了。王兵不相信米红会跟一个刚见面的弹匠逃走，如果她有心私奔，早就选择了他王兵呀。于是他写了这封信，要求查个水落石出。

　　收到信后，新集公安局立即指派侦察员赵强进行调查。

　　赵强经过明察暗访，了解到米红与王兵相恋多年，感情甚笃；米红嫁给吴成大，确系迫不得已。而米红性格内向，出嫁后绝少与人打交道，与人私奔的可能性不大。可是，如果米红不是私奔，为什么吴成大一口咬定这件事？如果不是私奔，米红的下落又在哪里？

　　赵强决定正面接触吴成大。

　　讯问是在镇治安处进行的。吴成大到来时，挺胸叠肚，一身肥肉，走路迈八字，果然是一副大款模样。

　　"你的前妻米红是怎么失踪的？"赵强单刀直入地问。

　　"跟一个弹棉花的外地人跑了呀。这事本地人都知道。怎么啦？"

　　赵强掏出一封信晃了晃，说："最近，我们收到米红的来信，说她跟你一起生活两年多，有分割财产的权力，要求你补偿她十万元。"

　　"荒唐！"吴成大不屑一顾地说，"你把信拿我看看。"

　　"对不起，这封信我得暂时保密。"

　　"敲诈！又是一次敲诈！我吴某发财之后，有多少人打我的主意。"

　　"这么说，你认为米红也是在敲诈你？"

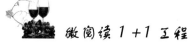

"这根本不可能！公安同志，你要是缺钱就直说，只要我吴某人办得到，说句二话不是人养的。但你不能整出一封假信来蒙我。"吴成大不满地说。

"你认为这封信是冒充米红写的？"

"这还用问吗？"

"为什么？"

"因为……"吴成大突然脸色苍白。他低下头，再也不肯开口了……

赵强一直盯着吴成大的脸。他为什么断言这封信是假的？答案只有一条：米红根本不可能写信。那么，人除了死亡之外，在什么条件下不会写信呢？看来，米红的下落很可能就是被害，而凶手又与吴成大有关。

赵强事先了解到，在米红失踪之前，吴成大与另一女子李琼有暧昧关系，米红失踪后，两人很快结为夫妻。难道是情杀？

讯问李琼，是在她家里。

"李琼，你知道米红是怎么失踪的吗？"

"跟一个弹棉花的跑了。"

"是你亲眼所见吗？"

"没有……听说的。"

"可是，根据你丈夫吴成大的交代，她已经被害了，而杀害她的人就是你！"

"胡说！他胡说！"李琼跳了起来。

"因为你想嫁给吴成大，早已与他勾搭成奸，为了清除障碍，你便杀了米红，然后嫁给吴成大。这难道不是顺理成章的事吗？"

"他血口喷人！我承认我与吴成大早有……那回事，但杀米红决不是我干的。"

"我知道，是吴成大杀的米红；当时你也在场。对不对？"

"我在场不假，可我没有动手。"

"你敢肯定你没有动手吗？"

"我当时、我当时晕死过去了，怎么会动手？"

"你是怎么晕死过去的？"

"那天，米红外出回家，见我大白天躺在她床上，又哭又闹。吴成大恼羞成怒，扑过去就活活将她掐死了。我胆小，看到这种情景，立即就吓晕了。等我醒来，再也没见到米红的影子。问吴成大，他不告诉我，还让我们口径一致，就说米红是跟一个弹棉花的外地人跑了；因为那几天来了一个弹棉花的外地人，米红找他做过活儿。"

"你晕死多长时间？"

"不记得了，好像不是太长。米红进来时，是下午三四点钟，我醒来时，太阳还没下山呢。"

失踪——大白天——时间不长——

赵强的脑里高速运转着……

赵强交代李琼不要把今天的谈话告诉任何人，然后走出吴宅。一抬头看见院中的一棵枣树，太阳当头，浓阴匝地。

"李琼，什么时候吃你的枣子呀？"赵强不经意地问。

"还早呢，它还不到三年。"李琼说。

……

赵强匆匆赶回镇治安处。吴成大见了他大声嚷道："我说公安同志，你什么时候让我走呀。我可是懂法的，非法拘禁公民是要负法律责任的。"

"你不可能再出去了。"赵强坐在他的对面冷笑一声，"你是杀害米红的嫌疑犯，怎么会放你走呢？"

"你是开玩笑吧？我说过，米红是和人私奔了。"

"这不过是你放出来的烟幕弹而已！"

"好，既然你一口咬定我杀了米红，请问人证在哪里？"

"你的现任妻子李琼就是人证。"

吴成大愣了一下，转而又哈哈大笑起来："请问谁又是物证？"

"米红的尸骨就是物证。"

"请把物证拿来！"

"就埋在你的宅院地下。"

吴成大的脸上立即沁出密密的汗珠。

"吴成大，你还有什么话要说吗？"赵强问。

"我可不可以问一下，这一切你是怎么知道的？"吴成大结结巴巴地说。

"好吧，我可以告诉你。"赵强站起来，"从你第一次的口供里，我已经知道米红并不是私奔，而是被人杀害了；而从李琼的口供里，我又知道杀死米红的凶手就是你。你杀了米红后，趁李琼晕死过去，将米红的尸体处理掉；当时是白天，时间又短促，你不可能把尸体转移到外面，只能埋在附近的地方。之所以断定尸体埋在宅院里，是因为那棵枣树，三年，它才不到三年啊，却长得那么高大粗壮，浓叶密布，如果不是吮吸了一个冤死者的血肉，这可能吗……"

吴成大哆嗦、哆嗦着。最后，整个身躯都瘫了下去。

告 密

也怪我多嘴！那天，在编辑部主任透露自己要调离公司的消息之后，编辑部其他成员：阿黄和另外三位女同胞都大出所料，纷纷挽留主任。而我却有口没心地乱开玩笑，我说：让他走吧，他一走，这主任的头衔就自然而然地光临到我的头上。

我的话不无道理：本来我就是副主任嘛，又没犯过错误，按职位顺延的原则，这主任肯定是我的啦。然而，就在第二天上午，老总竟把我"请"到了他的经理室，声色俱厉地批评我："你小子是不是高兴得太早了？你怎么知道这主任一定就是你的？"

天啦，有人告密啦！我的脑子嗡的一声，差点没站住。我与大家平时厮混得不错呀，怎么还会夹杂着小人？我跟跟跄跄地找到了阿黄——我的无话不说的铁杆哥们，把心中的怨恨和不解全部倾泻出来，请他帮帮忙。

阿黄真够朋友，他先替我把告密者狠狠地骂了一顿，然后抹了抹发黄的头发，黄眼珠一轮一轮地转，分析说："我看，这事与那三个女孩有关。昨天下午她们很有可能与经理接触过。"

不会吧？我想。平时我不是挺宠她们三位吗？一旦心情好了，我就与她们开玩笑，用话刺激她们，惹她们生气，然后再去买瓜子哄她们。久而久之，她们一犯馋就跟我撒娇，故意噘嘴巴抹鼻子，骗我的瓜子吃。当然，我也乐意效劳。按理说，她们不会出卖我吧？

但是，这事非同小可，我必须弄个水落石出。瞅准机会，我就接近女同事小A，故作遗憾地说："小A，昨天下午我打算请你喝咖啡，怎么找不到？"小A流着口水兴奋地说："真的？都怪小B，非拉我去'女人世界'。"

我点点头，然后又去"偶遇"小B，故意惊讶地说："哇，小B，你谈恋爱了吧？昨天下午你怎么去了'情人一条街'？"小B说："见鬼！我才不去'情人一条街'呢。""那你去哪里啦？""我去'女人世界'买东西了，怎么啦？"

我点点头，说声没怎么啦，又去找小C"借东西"。见了小C，我先故作生气地说："小C，昨天下午在黑马桥上，你借了我五块钱，说第二天一早就还我，怎么还不还呀？"小C急了，说："喂，你有没有搞错！昨天下午我可是在'女人世界'度过的耶，不信你问小A小B。"我哈哈大笑，连忙说："开玩笑开玩笑，我找你借东西呐……"

看来，三位女同胞基本可以排除掉。可到底是谁告的密呢？我又去找阿黄。阿黄又抹抹黄头发，十分肯定地说："这件事再也清楚不过，是许秃头无疑了！"

我说：我想也是！昨天上午，我不是开玩笑让他早点离开这里，好把主任的交椅让给我吗？这老东西一定记恨了，把这件事捅过去，好让我美梦成假。好小子！你都快滚蛋了，还这样下脚使绊子，平时我算对你看花眼了！

我就气势汹汹地找到这位编辑部主任，要与他摊牌。主任正坐在他的位子上，见我的脸色不对，就挖苦说："你莫不是等不及了，现在就想把我赶走吧？"

这话不啻于火上加油，一下子激怒了我。我说："姓许的，我不当这个主任可以了吧？我不当了，对你有什么好处？"

"什么意思！"主任也生气了，"你要想当这个芝麻主任，就去找经理任命呀。"

"去你妈的！"我不顾一切地给了主任狠狠的一巴掌。我实在咽不下这口气。

也就是这一巴掌，彻底结束了我的一切梦想。不仅主任的交椅与我无缘，连副主任的帽子也被摘了下来。经理在痛骂我一顿之后，让我写出一份深刻检讨，否则立刻卷铺盖走人。

我坐在反省室里，气得浑身发抖。打人是不对的，这个检讨我必须写。可我就是想不到通，我和姓许的平时相处得也不错，于公于私都够得上朋友，他为什么在临走的时候不给我顺水人情，反而暗地里放毒箭？

想啊想啊，直到想得犯了烟瘾，我才不再想了。原来，当我掏出一包崭新的雪茄烟时，我忽然"大梦初醒"：昨天下午，我不是跟姓许的待在一起吗？没错，我和他一吃罢午饭就去了图书馆，中间还去了咖啡馆请他喝了咖啡，然后他就回报我一盒雪茄，直到日落西山我们才分手……

"阿黄！"我恶狠狠地喊了一声，冲出反省室，直奔阿黄。阿黄此时正坐在编辑部主任的位置上，捂着鼻梁偷笑哩。见了我，脸一沉，厉声喝道："你怎么擅自离开反省室？"

"你！"我咬紧牙关，伸出巴掌就……"吧"的一声，打在……我自己的脸上。

阿黄闭了半天眼睛才睁开，摸了摸脸，惊魂未定地说："吓死了！原来你打你自己呀。"

"活该！"我愤怒得掉下了眼泪，"谁让我瞎了狗眼……"

租 房

　　"喇叭巷"是个偏僻胡同，两边平房全供出租，少有空闲的。只有一间闲屋，七八平方米，一直租不出去。门前贴着一张告示，写明哪些人可租，哪些人免谈，简称"三要三不要"：理发的不要，漂亮女人或带小孩的不要，引车卖浆干苦力的不要；有钱的大款可住，老头儿老太太可住，丑态百出的"三心"牌女人可住……有"姜太公"在此，哪位敢不退避三舍？

　　房东姓开，叫开江，四十来岁，两口子过日子，没生过孩子。老开人虽倔虽怪，但心眼儿不坏。改革开放后，大量外乡人进城，"喇叭巷"居民都发了租房财，开江也把自己的闲房腾出一间出租，谁知租了几回，不仅没发财，反而赔进去不少。

　　第一年租给一个开发廊的东北女人。顺便提一笔，这"喇叭巷"尽管偏僻，干别的买卖不行，开发廊的倒大赚其钱。什么"姐妹发屋"、"美女发廊"、"温州靓丽发厅"、"苏州青春美发店"……一夜之间排满"喇叭巷"两边，全叫着挑逗人的字眼。不仅胡同内的百姓来理发，连别处的有身份发了财的人也舍近求远慕名而来，个个发店晚上营业到凌晨三点，至于还营别的什么业，就不太仔细了。

　　东北女人二十多岁，长得性感十足。每临交房钱时，便甜腻腻地喊"开哥"，要给开哥理发。老开摸摸头发，是该修理了，就光着膀子坐在沙发上。干洗、按摩带拍打，认认真真一阵折腾，你甭说，昏昏然、飘飘欲仙真叫享受。而那两只像一对活鼠一样机灵的硕大奶子，在老开背上滚来滚去，令人心旌摇晃，几乎难以自持。"开哥，你看我这个月的生意，唉！"东北女人一边恰到好处地说着一边往老开身上用力。"算了算了，我不要房钱了还不中?"老开惊出一身冷汗，生怕自己一时糊涂走入歧途，爬起来落荒而逃。这事确实难办，要钱吧，这女人一个劲儿拿色眯眯的眼神勾你;不要吧，自己的老婆又难交代。老婆问东北女人，她说已经和开哥谈妥了;问老开怎么个"妥"法，老开极力否认，反而引起老婆的怀疑。老开再也不敢跟这些人打交道了。

后来，又住了几位拉煤送炭的乡下人。他们成天蹬着三轮车去煤厂拉煤球，然后一家一户地送。脸上的汗水从未干过。连尿尿都尿黑水。每次给老开付房钱，伸出那双洗不干净的黑手，笨拙地把那一把拾元、伍元甚至壹元黑得散发着煤臭的散票子数了半天。老开待在一旁一会儿看人家的手，一会儿看人家的脸，心一酸，眼泪淌下来了。人家挣的那叫血汗钱啊，不像开发廊的。虽然老开心一软按半价收了人家的房钱，一旦他们家里有事急用钱，比如种地收庄稼，孩子上学什么的，老开往往又把收的房钱如数退还人家。后来，这几位外地人临走时，无不涕泪横流，感恩戴德。

再后来，又租给一位带小孩的女人，带小孩的知道老开无儿无女，就撺掇孩子去喊干爹。孩子嘴乖，一口一个"干爹"，喊得老开心旷神怡，抱在怀里舍不得撒手，买吃的买穿的，比亲儿子还亲儿子。结果一年下地，为干儿子搭了不少钱，干儿子却黄鹤一去不复返，了无音信，害他被自己的女人臭骂一顿。老开顿时后悔了。还有一个四川小媳妇，嘴特甜，平时有事无事，一口一个"开哥"，喊得老开又滋润又害怕，答应不是，不答应也不是。有一次正喊着，被老开女人撞见，女人拉下脸，大骂四川媳妇是只骚狐狸精，嘴里冒妖气。"我喊开哥怎么啦?""今天喊开哥，明天就该喊老公了。""咦，你瞧你家男人的那副德性，给我倒尿盆都还嫌丢人。"老开在一旁脸红一阵白一阵，劝自己的女人吧，女人说他被狐狸精迷住了合伙来欺负她;劝四川媳妇吧，四川媳妇说她无端挨骂，这事算不了要讨个说法。只好不吱声。于是，第二年春节一过，老开就在门口张贴了那张告示……

这日，老开听说有人正在撕告示，便走了过来，蓬头乱发，趿着脚，一跌一歪地走着，一副落魄相。他一看是一个小伙子，便问:"租房子?"小伙子点点头。

"干什么的？……老板？"

小伙子笑了笑，没有挑明。"不对！老板怎么会租这样的房子？我看你，不像老板，不像开发廊的，更不像拉煤送炭的，倒像个大学生。带老婆了吗？"

"不好意思，还没谈恋爱呐！"

"孩子呢？""哈哈，连对象都没有，哪来孩子？"

"哦，对。不过，住我的房子是要有条件的。"老开手一指未撕掉的告示，"'三要三不要'！你到底是干什么的？"

"我还没有找好工作呐！我知道你的条件，这样吧，为了今日能住上你的房子，你希望我是干什么的，我明天就找什么工作。好不好？"小伙子不无揶揄地说。

老开回过味来，也禁不住大笑起来。笑得变了味儿。仔细一瞧，脸上竟有泪在闪烁……

"万能"药店

　　赵六因为晚上着了点凉,第二天头痛不止,就到"万能"药店兼门诊部去,买了瓶"万能"牌祛痛灵,一吃果然见效,第三天头痛消失。可是第四天头上,他的全身发起高烧来,烧得大汗淋漓,只好又到"万能"药店买"万能"牌退烧灵。吃了两天,高烧全退。可是接着他的嗓子老发痒,痒得咳嗽难忍,只好又买了一瓶"万能"牌止咳灵。咳嗽止住了,又犯了头晕眼花的毛病;"万能"牌健脑灵吃好了他的病之后,头痛病又发作了。

　　赵六惊呼:"怪哉!"只好又去了"万能"药店。没想到,药店仍给了最初那种"万能"牌祛痛灵。

　　赵六问药店老板:"吃了这药,能保证不发高烧吗?"

　　"不能。不过本店服务全面,百病能除,到时你再来吃'万能'牌退烧灵呀。"

　　"请问,吃了退烧灵之后,是不是再吃止咳灵?"

　　"没错。"

　　赵六气愤地说:"如此循环往复、没完没了,岂不是欺诈!"

　　老板反驳道:"废话!吃了一帖药就包你永不发病,我开药店的喝西北风?"

　　赵六甩袖而去!

　　不久,一纸状文送到了某法院。

　　法院判决书云:是药三分毒,凡药都免不了副作用。根据科学检测,"万能"牌系列药品名副其实,均达到其注明的治疗效果,不属伪劣产品。因此,驳回原告,确认被告胜诉……

 算 卦

小莫闲着无事，就溜到街上转弯子。恰巧街头巷尾处有一个算卦的在拍竹板儿，他就凑过去卜了一卦。算卦的又打卦又看相，折腾了半天，忽然吃惊地说："哎呀！这位仁兄，你这两天恐怕要遇到一件很生气的事儿。"

"操，不可能。我是个乐天派，从来没有生过什么气。"小莫哈哈大笑。

"这样吧，"算卦的说，"我这两天不走，如果你遇到生气的事，就送钱来；如果没有，就算白送了。这总行吧？"

小莫点点头。可这句话却叫他琢磨了老半天，就是琢磨不透，越琢磨越有事儿。于是，他就不再闲溜达了，回到家里继续琢磨。

奇怪！如果算卦的说假话，他干吗不收钱？而且说算准了就送钱去，如果没有把握，能放着钱不要？

小莫就躺在沙发上，细细琢磨着这两天可能发生的令人生气的事：和同事吵嘴？和领导顶牛？可这两天根本就不上班。和邻居打仗？可自己刚搬进新居，还没有同邻居交往，况且自己住的实际上是独门小户。要不上街丢了钱？上商店买了假货？可自己很少经手实东西，柴米油盐酱醋茶等等，都是妻子负责的。不管怎么说：这两天我就老老实实待在家里，难道会发生喝凉水塞牙的怪事不成？

小莫就在家里待了两天。这两天他戒了烟，以防老婆反感；也没有喝酒，怕醉酒惹事；为防鱼刺卡了喉咙，一向嗜鱼的他破例没有吃鱼。他终日里沉闷不语，以免流露出不当的言词引起夫妻争吵……

好不容易挨到第二天晚上，总算没发生什么不愉快的事，不由得松

了口气。这时妻子突然打扮得漂漂亮亮的，对正在一个人看电视的他嫣然一笑，说："我去单位李小荣家，她叫我去拿线针。"

老婆一走，小莫恍然大悟。对呀，怎么把她给忘了呢？如果说再有什么生气的事，可能就是她有了外心。莫非她借口拿东西去同别的男人约会？嗯，这事儿也没准儿，尽管她平时对自己言听计从，温顺得可以，但是谁知道女人的心到底是咋长的？无论如何，自己多长一个心眼儿，总不会是错的吧。

于是，他就关掉电视机，悄悄地溜出去了。为了证实妻子的话，他就去了李小荣的屋后，眼睛盯着李家的后窗。只见灯光在窗玻璃上分明地映着两个人影。小莫心一动，难道是妻子和李小荣的男人勾搭上了？这贱货！就酸气喷喷地靠近窗子，竖起耳朵细听，却一点动静也没有。难道正成好事？不要脸的东西！小莫愤愤地想。突然窗子门打开了，只见一只盆子在窗口上一晃，一片脏水就掉下来，正好淋在他的脑袋上。他"哎哟"一声就跑，却赶紧捂住自己的嘴巴。

就在这时，他听见窗子里有两个女人伸出脑袋望着他的背景哈哈大笑。他听出这两人，正是妻子和李小荣……

第二天，小莫就气呼呼地去骂算卦的："操！你说我这两天有啥事来着？"

"难道你真的没遇到很生气的事？"算卦的反问道。

"操，本来屁事没有，听了你的话之后，我他妈的跟踪我老婆，被淋了一身洗脚水。"

"你瞧，"算卦的大笑道，"这不是遇上了吗？"

小莫瞪瞪眼睛，竟然无言以对了。

老冒爷进城

　　老冒爷接到儿子的来信后，高高兴兴地把田地都退还给村委会，房屋也托人照管，按儿子的吩咐进城去捞世界。在城里打工的儿子在信中说：城里遍地是黄金，钱真好挣，别小看老人和小孩，比身强力健的大人都挣得多。儿子没说去干什么，但说七岁的小英子每天多则挣三十五十，少则十块八块。老冒爷便动心了。连小孙女都挣大人的钱，自己还守着田地干啥？一年到头满身污泥浊水，弄点收入还不够抵农业摊派。于是老冒爷打点行装，择日出发了。

　　这天，老冒爷下了火车，抬头一瞅，满眼尽是花花绿绿的新世界。嗬，那一座座像石头崖耸起的楼群，那一群群像小河里的红腮绿尾鱼似的游来游去的小汽车，那一堆堆如同赶庙会似的人丛……第一次进城的老冒爷可算见识了！脸上不由得露出喜色。

　　老冒爷随着行人走进地下人行道，仔细一看，昏暗的光线下面的情景令他吓了一跳。原来，在潮湿的两边地上，坐着两排蓬头垢面的老头和老太太，穿的衣服倒不是很次，脸上的肌肉也不是很瘦，却一个个伸出乌鸡爪子似的手，朝行人要钱。老冒爷心一惊，心说城里还有这么多穷人？就停住脚步准备掏钱。这一掏，把老冒爷吓出一身冷汗：兜里仅有的二十元钱不知了去向。

　　儿子在信中告诉他：下了火车，打个面的，十块钱就能拉到目的地。如今倒好，又饥又渴，连口水不上了。

　　老冒爷着急地看着大街上的行人，突然心生一计：对了，城里人不是都有钱吗？咱就找一个老实点的工人老大哥借十元钱，反正找到了儿子后，立刻按地址寄还给人家。要知道老冒爷说到做到，从不赖账，在乡下口碑极好的。

他选择那些中年的、干部模样的人。谁知刚朝人家招手，对方不是不理不睬，就是绕路而行，像躲盗贼瘟疫一样。老冒爷脸皮薄，脸不由得烧得红烫起来。

眼看日过中天自己还在原地转，老冒爷急火上身，便埋怨城里人怎么这样冷漠无情，接着又怀疑在城里好挣钱的神话了。不过，俺借钱是迫不得已，俺发誓还人家还不中吗？又不是要钱发财。于是老冒爷下定决心，一定要达到目的。

他瞄准了一位瘦高老头。瘦高老头骑着自行车迎面而来，他便站在车道中间，拼命招手道："老同志，停一停。俺找你商量个事。"瘦老头本想绕走，实在绕不过了，只得停了下来："你想干什么？"瘦老头沉着脸问。

"是这回事。"老冒爷赔着笑脸说，"俺刚下火车，找俺儿子……"

"是不是钱丢了？"瘦老头打断他的话问。

"对对，你咋知道？"

"然后想找我'借'一点？"

"对对。老同志你真聪明咧。"

"哼，收起你这套把戏吧，乡下人！一路我已经碰到三回'借'钱的了。我说你们哪，放着田地不种，却到城里来伸手白拿钱，丢人现眼不说，严重影响市容市貌。难道你们不觉得害臊吗？"

老冒爷被人家羞得一阵脸红一阵脸白。有心放弃瘦老头，又觉得机不可失：就赶紧申辩道："老同志，你误会了。俺确实刚下火车，俺确实叫人偷了；俺只想借十块钱，俺找到儿子后一定还！一定还！"

瘦老头不耐烦地说："这话我都听腻了。你有什么证据证明你刚下火车，钱也丢了？"

老冒爷赶紧掏出火车票递给瘦老头看，然后又翻出所有的衣兜，里面空无一文。瘦老头盯了半天车票，又盘问了几句，说道："看你真的不像行骗的，脸皮也不像那些人厚。这样吧，你真的缺钱，我就不吝啬一点钱了，给你50元吧。不过我有一句话，你找到儿子后该干嘛干嘛，千万莫当令人讨厌的要钱人。"

"那当然那当然。老同志，你留下地址，我还给你。"

瘦老头递过钱之后，说声"不还"，又骑车走了。

老冒爷收好钱，不由得感叹一阵子。这时，忽见身后站着一位癞蛤蟆似的中年乡下人，正朝老冒爷嬉皮笑脸。

"笑啥?"老冒爷问。

"我说老哥，你今天运气不错呀，一张口就要了 50 块钱。"

"你是干啥的?"

"跟你同行——要钱的。"

"呸!"老冒爷一口痰吐到那人的脸上，"谁跟你同行? 怪不得俺今日遭白眼，都是你们这种懒人闹的。"

老冒爷冲那人发泄了一番心中的愤怒，骂得那人一愣一愣的不知所以。不料，刚走了几步，不留神突然双脚被一个女孩紧紧搂住，小女孩操着半生不熟的城里话说："老大爷，行行好，给点钱吧。"

怎么连小孩子都要钱? 老胃爷不由得心头火起，厉声喝道："滚开! 我凭啥给你钱?""你不给，我不走，大家看了你丑不丑?"

老冒爷忽然觉得小女孩的声音好耳熟，已经两年没见到小孙女，难道是她? 便问："你是不是小英子?"

小女孩仰头一看，立即跳了起来，喊道："爷爷。"

他乡遇亲人，老冒爷没有一点高兴，却惹出一肚子气愤。"小英子，谁让你在城里丢人现眼?"

"都怪俺爸!"小英子泪眼蒙眬地说，"我要上学，他不让上，说小孩子要钱容易，上学校不如上街上要钱。"

"你爸呢? 他能丢下你一个人不管?"

"他在别的地方打工，规定俺每天至少得要回 30 块钱，不然就不让俺回去。他还说让你也进城来要钱，让你扮演残疾人，让俺天天牵着你上街，你给人下跪，俺专门端盘子收钱。"

"呸!"老冒爷听得一阵恶心，"你爸那混账东西没安好心。早知如此，俺也不上城来。"接着又痛骂了儿子一顿。"小英子，跟爷爷一起回去上学。"

老冒爷用 50 块钱买了车票，没有告诉他儿子，拉着孙女就回到了乡下。

混儿爷

　　天大亮时，二爷醒了。但他不急于起床，躺在床上咳嗽着。等到街上买卖人有了，他才慢慢动身穿好衣裤，脸也懒得洗，上了趟厕所之后，就挽着二海碗大小的小花篮，加入赶集的人流，徐徐晃着。

　　宽阔的集市像条小河，稀溜溜的人群像鱼儿胡乱穿插着。二爷钻进这条小河，便像所有赶集的人一样慢慢走着、瞅着，时而走马观花，时而又驻足端详，很像在选择什么必需物品。

　　他溜到南市，那里的空气洋溢着阵阵油香。赶集的人渐渐多起来。他来到一炸丸子摊面前，停下脚步只管注视着。卖者站起来道："老大爷，称点丸子？"二爷不吱声，趁势夹起一颗丸子塞进嘴里，慢慢嚼咽着，似在品尝。

　　"我的丸子还中吧？"卖者笑眯眯地恭维。

　　二爷又夹起一颗不同色泽的丸子咀嚼，品了品，半天才点头："中。成色好，炸得也老。是茶油炸的？"

　　"是茶油炸的。称几斤？"

　　"咱老伴吃呢。她不爱吃茶油炸的，爱吃菜油炸的。"二爷笑笑，似不好意思。

　　二爷又来到一油炸果子摊跟前。只要脚步一停，卖者心照不宣："想买吗？咱的油炸果子好吃，不信大爷你尝尝。"

　　二爷求之不得地尝了许久，终于回话了："果子好，配料也配得匀。可惜老伴她没牙，嚼不动。下回再买吧。对不起吃了你的东西。"

　　商品被赞扬，便如得了奖，也是一大招牌呢。果然那卖者转眼对一买者说："咱不是老王卖瓜，你问刚才这位老爷子……"

二爷粲然一笑，又往前走。前面又有诸多食品摊等着：油炸糕呀，油蛤蟆呀，烤饼干呀……二爷也不怕麻烦，隔个三步五步就停下来，吃了一路。

大约白日中天，肚子里似有东西在滚了，二爷就开始打道回府，依旧加入散集的人流，徐徐晃着。

回到家里，病中的老伴已经起床了，水也烧好了。二爷就和她闲聊起来，谈集上的新闻，谈集上新添的物什，还谈他刚吃的食物哪种好、哪种次。末了，他就帮助老伴熬稀粥、切咸鸭蛋。这样，他们一天的伙食就解决了大半。

"混二爷"其实也就这么容易。二爷想。钻人家的空子呗。可有时也不免出大娄子。

儿女不在跟前，一个月没来打次照面。老两口相濡以沫，常常为最后半碗稀饭归谁吃而互相推让。想到老伴，他就心疼。自己只管吃饱吃好，没带点回来给病中的老伴尝鲜，他总觉得过意不去。那一日他就想：能不能弄点回来呢？可那不成了偷？

他试了试。当他品尝油炸萝卜丸子之类老伴爱吃的东西时，他尽量伸出三根指头夹两颗起来，慢慢嚼着，拖延时间，然后趁人不注意，将余下的一颗揣在手里。走过几步后，送进兜里。

似乎也很成功。谁想一个老头会偷一粒东西藏起来？偏偏有一次没留神，东西从兜外滚下地，被卖丸子的发现了；恰巧这卖丸子的又是个不好惹的泼娘们，当即追了过去，大骂二爷偷了她的东西。

"没、没偷呀？"二爷假装糊涂。

"搜！"谁知丸子没搜着，却搜出半兜子红枣、饼干、油炸果子之类。那妇人当场叫街，吆喝人们都来抓贼。人们外三层里三层地将二爷围起来，许多人嚷："快把他送到派出所。"

"咱老伴要吃，没钱。"二爷低声申辩，可怜巴巴的，老脸无处可藏。

一个邻居挤了进来，大声替他解围："各位各位，这老头可怜，儿女不愿供养，老伴常年有病，想吃东西买不起。各位权当他是个要饭的。"

一句话说得二爷眼眶湿润了。

"没钱？没钱就明要呗，谁在乎一点东西？"

人们转而又同情二爷，骂二爷的儿女不孝道。卖油炸丸子饼干之类的大多心慈手软，人人往二爷篮里捧东西，一边同情叹息，一面责怪二爷不该偷。

　　"多谢了多谢了。"二爷又流下了感激的泪水。

　　二爷提着满篮子回家，老伴问他咋整这么多东西，他没说实话，怕老伴埋怨，只说是一个记不清名字的亲戚送的。

　　后来，过了十天半个月，二爷再没有赶集了。终于他又挽着小花篮出门了，却在门口徘徊半天，又转回来了。他拿定了主意："混儿爷"还有脸做吗？

假冒识别器

有个防伪专家，名叫博一笑。他最近与科研单位合作研制成一种微型仪器，名为"假冒识别器"。该仪器集中体现了他多年的防伪研究成果，其功能是：当你去购物时，它能帮你识别假货；当你遇到麻烦犹豫不决时，它可能助你辨别是非；当你与生人打交道时，它会迅速告诉你是否与骗子和坏蛋在一起……

博一笑想，如今的世道，假东西太多了。市场上有冒牌假货，情场上有偷情高手，官场上有道貌岸然的伪君子……只要人们像手机一样随身携带着识别器，随时将自己遇到的问题以菜单的形式输入进去，识别器会迅速告诉你识别真伪的若干方法；如果进一步输入问题的具体细节，它会立即做出准确的判断。能具备这种独到功能的仪器，目前市场上还见不到，前景肯定无可限量啊。

博一笑带着产品亲自做市场调查。他首先走进一家商场，向一位化妆品售员作介绍："小姐，它会帮助你识别假钞，你不妨试一试。"这位小姐犹豫了一下，接过了识别器，但她没有输入"钞票"，而是打出"化妆品"三个字，显示屏上很快出现了一些如何识别假化妆品的文字。这位小姐脸色通红，却微笑着摇摇头："对不起，我不需要。"

首战失利，博一笑并没有气馁。他瞄准一个腆着大肚子、夹着老板包的中年人，认定他是一位企业家，便迎上前去道："先生，你在生意场上一定遇到过许多骗子，这个小玩意可以识别他们。你是否试一试？"企业家接过识别器，在选择了"骗子"之后，他又打开了"偷税"的菜单，显示屏上便出现了"如何识别做假账"的词条，企业家丢下识别器就走了。博一笑甚觉奇怪。这时，一对恋人手拉手从身边走过，博一笑便拦住了女孩，介绍道："小姐，看得出你很幸福。不过，这只识别器可以帮助你预防上当，你不妨了解一下。"女孩接过识别器，输入"爱情"二字，在滚动了几个菜单之后，屏幕上出现了"如何识别女孩借恋爱骗钱"的条目。女孩瞥一眼男孩，骂句"神经病"，拉着男孩就匆匆离去了。

一连串的打击，博一笑顿感失望。看来大家还没有真正了解它，甚至还产生了误解。他想：产品本身绝无问题，问题是如何让公众接受它，接受自己的防伪技术。鉴于此，有必要借助媒体的力量，把产品宣传出去，使其家喻户晓。想到这，博一笑决定自费搞一次大型新闻发布会。

主意一定，博一笑便开始给本市各大媒体发去了传真函，邀请他们各派一名记者于次日下午三时准时光临辉煌大酒店会议室进行采访；并暗示了红包和一顿丰盛的晚宴。

第二天，博一笑打扮得容光焕发，左手抱着一箱识别器，右手拎着笔记本电脑，挺着胸脯早早赶到酒店布置会场，预备红包。

可等到下午四点，仍然不见记者的影子。博一笑开始着急了，急得原地打转。正在这时，手机响了："你好，我是《中国报》记者，请问贵产品能识别假新闻吗？""能！肯定能！"博一笑赶紧回答，"不信你来看看……"可话还没有说完，就听见嘟嘟的声音——司——对方挂机了。博一笑一脸尴尬，正不知如何是好，突然手机又响了，"我是《中国报》记者，请问贵识别器有预防记者借采访之名索取财物的条目吗？""有是有，不过……"博一笑想解释一下，可对方不由分说又撂下了电话……

颓废不堪的博一笑一屁股摔在沙发上。至此，他才隐隐明白大家对自己的产品进行抵制的真正原因。原来人们在反对别人弄虚作假的同时，自己也作假弄虚。这可是自己当初万万没想到的啊。

难道就此收手吗？不行！它凝结了我多年的心血啊。我不相信所有的记者都是这样，只要有一家媒体肯支持我，我就能把产品打出去，让人们都理解它、接受它。

正在这时，忽听门外有人敲门："请问这里是'假冒识别器新闻发布会'会场吗？"

博一笑精神一振，立即站起来迎了过去，道："是啊是啊，请问您是……"

"我是《中国打假报》记者文之华，来迟了不好意思这是名片。"

"欢迎欢迎！"博一笑接过名片欣喜若狂，但他又拿不住这位年轻记者的真实态度，便递去一只识别器道："请先试用一下？"

谁知，文记者调试了产品后，连声称赞："好！好！贵产品名不虚传！博老师功莫大焉！"

"可是，那上面不仅有如何识别假记者，也有如何识别真记者制造的假新闻啊。"博一笑提醒道。

"那又怎么样？"文之华记者大义凛然地说，"正因为个别媒体刊登过虚假新闻，人们才更需要这个识别器，以便辨明是非，并有效地监督个别记者的违法乱纪行为。我相信每一个有正义感的读者都会欢迎它的。我作为《中国打假报》记者，有责任大力宣传该产品、大力推广该产品。为此，我打算写一篇 30 万字的通讯报道，分 54 个章节，每周连载一章，用一年时间把贵产品推向社会各阶层。采访开始吧。"

博一笑闻言大受感动，连忙鞠躬道："太感谢了，太感谢了，博某一定不忘大恩大德……"

三天后，为了了解进展情况，博一笑打通了《中国打假报》的电话："请问文之华先生在吗？"

"对不起，这里没有文之华先生，只有文之华小姐。"

"哈哈，你真会开玩笑。请你叫一下好吗？"

"文小姐一个月前请了产假，此时正在家里奶孩子哩……"

"完了！他借我的笔记本电脑……他收了我的那么多红包……"

博一笑再也笑不出来了……

公交车上的痛哭声

最近，我奶奶坐公交车时，时常哈哈大笑。

我奶奶哈哈大笑时，身上一定带着现金和其他贵重物品，而且人挤人。奶奶笑得很突然，很另类，一听就是神经发作，或歇斯底里，吓得周围人纷纷避让，一齐露出惊讶的目光。

而在此之前，我奶奶坐公交车从来不笑，倒是紧张得四肢流汗。紧张的人是无论如何笑不出来的，爱紧张的人，最常见的表情就是哭！因此，我奶奶那时经常在公交车上放声痛哭。

起因是，我奶奶开始挣钱了。奶奶闲不住了，退休了还要发挥余热，便找了个专招老人的单位上班，每天离不开公交车。奶奶第一次坐车，身上的现金就不翼而飞了。开始，她以为自己记性不好，把钱忘在哪里了，就没当回事儿。没想到，第二次、第三次，身上的现金仍然不翼而飞。奶奶这才恍然大悟：车上有贼！奶奶之所以迅速作出判断，是因为不止她一人在车上大喊失窃，有的甚至放声痛哭。奶奶还亲眼看到，经常有许多贼眉贼眼的人偷偷向乘客下手。

但我奶奶不敢吱声，就是看见了贼下手也不敢吱声。奶奶亲眼看见一个爱管闲事的人，因为见了小偷一声吼，下车后被几个同伙团团围住，被打得面目全非。从此，公交车上再也没有一个人敢声张，看见了小偷作案也假装没有看见，转而看紧自己的身体，包括我奶奶。

即使这样，我奶奶还是经常丢钱，没丢钱的时候，就是奶奶没带钱的时候，不带钱又是不可能的：要吃饭、要坐车嘛。这些，都因为奶奶是一个老人，一个弱势群体，是贼偷们最惦记的目标。所以，奶奶一直寻找不丢钱的方法，迟迟没有找到，直到她遇见一个人放声痛哭。那人是一个外地妇女。

那个外地妇女似乎是第一次上车，一点儿也没有提防意味，还冲人笑眯眯的。然而，买票时，她不再笑了，她发现兜里的钱突然不辞而别了。于是她急得放声痛哭，哭声惊天动地，就好像天要塌下来似的。她的哭声引来了关注的目光，乘客们一边护着自己的腰包，一边大骂小偷。这时，我奶奶灵机一动，突然想到了一个好主意：如果一上车就放声痛哭，必然引来大家的目光，众目睽睽之下，小偷就不敢下手了；尤其是自己已经痛哭流涕地诉说"丢钱"了，小偷断不会再把贼手伸进来白忙一场。这主意肯定不错，我奶奶想。

于是，我奶奶一坐上公交车就放声痛哭，还一边大骂小偷："该死的小偷！天杀的小偷！你为什么把我的钱掏去了？你真忍心下手吗？"哭得撕肝裂胆，骂得畅快淋漓，十分解气。奶奶一哭，乘客们果然把目光全投了过来，小偷们也随之放弃了下手的打算，转而另寻目标。这一次，奶奶例外地没有丢钱。

这个经验对奶奶很重要。从此一进车门，她就放声痛哭。奶奶每次痛哭，都没有再丢钱，直到有一天遇到一个"同情"奶奶的人。那人是一个年轻人。

那时，我奶奶正痛哭时，突然被这个年轻人碰了一下，那人说："老人家，想开点，一丢钱就哭，还不把人哭死呀？你瞧我，从来不哭，就当把钱捐给了不劳而获者。"

我奶奶抹了一下眼泪，问年轻人："小伙子，你也丢钱啦？"

"丢！小偷们可是不认人的。老人家，你丢了多少钱？"

我奶奶偷偷一乐，左右望了一眼，小声对他说："其实我没有丢钱，你瞧，钱还在这里呐。"奶奶按了一下装钱的地方，继续说，"不瞒你说，我是假哭，故意说钱丢了，好让小偷别惦记我。小伙子，你不妨也学学？"

年轻人笑道："谢谢你把这个情报透露给我！不过，我就要下车了。"说完，就朝门口挤去。

我奶奶目送他下了车，再按一按装钱的地方，结果大吃一惊：瘪了！"奶奶的！"奶奶破口大哭，"好你一个小偷，我道高一尺，你魔高一丈，真是防不胜防啊!"

我奶奶的妙计被贼识破之后,再也不敢在车上放声痛哭了,知道哭也是白哭,小偷再也不会相信了。幸亏我奶奶爱动脑子,很快就探索出新的防盗新招。她想:哭不行,那咱就笑!笑得人毛骨悚然、落荒而逃才好呢。于是,奶奶一上车就装疯,其表现就是哈哈大笑,笑得歇斯底里,吓得乘客纷纷避让,没有敢接近她;就是小偷看见了,也胆怯三分,更不用说乘务员了——奶奶居然不用再买票了!

时间久,我奶奶就成了公交车上的"名人",一见她上车,就有人小声嘟囔:"老疯子又来了!"然后自觉地为她腾出一个安全安间。至今,我奶奶还乐此不疲!

黄半仙

七斗冲人生病，一般都是"挺"。挺不住了，就去找"胡日鬼"医生抓药。"胡日鬼"开的中药，十有八九医不好病人，医不好的病人就只好躺在床上等死。

有不甘等死的，想去大医院看看，又怕治不好白花许多钱，给后人拉下一屁股饥荒。——这样的例子在七斗冲已有几次了，那几位为了长辈治病而花了大钱的冲民，一下子成了冲里欠债最多的人家。所以心中十分矛盾。做儿女的也有这个心思，既怕拉饥荒又怕落下"不孝"的埋怨，思前想后，便想起了黄半仙。

黄半仙，大名黄国丕，是七斗冲的一位老光棍，年轻时，为了混口饭吃，不知从哪里弄了一本破损的古版书《五行阴阳宅》，琢磨了三年，自称能掐会算，有半仙之体，在七斗冲给人卜卦算命看手相看风水，啥都干，倒也有三分像。但他不知天高地厚，想挣山外人的钱。谁知一下山便被人砸了饭碗：有人把一死者的八字交给他，他不明就里，闭着眼睛一本正经地在那里论生死、评福寿，吹嘘这人还有十年阳日子。听众早就捂着鼻子逃走了。黄半仙首战不利大丢其脸，从此不敢下山，只在七斗冲这巴掌大的山沟中当"半个神仙"。可七斗冲人也轻易不找他问卦，因为都是乡邻，彼此了解，怕他算不出真东西。所以，黄半仙多年来一直闲着。

当病人的儿女忐忑不安地来请黄半仙为病人断生死时，黄半仙心明如镜：自己掌握着病人的生死大权哩。说实话，他希望病人都能住上院，把病治好，可看见来请他的人眼里流露出的神色，心里又充满了对活人的同情。七斗冲，哪家不是穷人？哪家没欠生产队的钱？每年青黄不接时，又有多少人没出门要饭？住一次院，满打满算不下千块，哪一家连人一起卖了又能值一千块？黄半仙便叹口气，老人老了，死就死吧，倒是活人拖家带口的为重啊！便把病人的病问得清清楚楚，确信那病八成治不好了，就戴着一副平光眼镜，开始扳着指头"推算"，道："命该如何，准备后事吧。"

来人又沉重又轻松地回去把黄半仙的话转告病人，病人便断了生念。七斗冲有多少老人在黄半仙的那句"准备后事"的结论下绝望地等待末日的来临。

黄半仙也心中不安，病人死后，他一个不漏地去送葬，嘴里絮絮叨叨：老哥（或老嫂），原谅我，我是为了你的后人着想啊。

这些年，七斗冲人靠满山栽种的板栗树发了财，几乎家家有存款。也许是为了补偿过去的歉疚吧，一旦有人来问病人生死，除了个别定死无疑的外，他一律告诉来人：有治，快送大医院吧。

七斗冲有个叫严大的年轻人，一向与养父成仇，巴不得养父早死。养父被他气得脑出血后，他也假惺惺地来请黄半仙。黄半仙照例戴上眼镜，捋了片刻胡须，扳着片刻指头，道："速速送到医院，你父年方五十，还有三十年大寿哩。"

严大一听，一看左右无人，便跪在黄半仙面前道："黄先生，您再推算一下，我爹病成这样，大概治不好了。算得好，这是我的一点小意思。"说着便掏出百元大钞两张递过去。黄半仙看了看钞票，冷笑了一下，又假意算了算，仍然道："是不该死。"严大又掏出一张大钞，一边递眼色一边道："黄先生，我加钱，您再给算算。"黄半仙又算了算，还是那句话。严大无奈，只得把爹送到县医院。

严大便怀恨在心，逢人便道：什么狗屁黄半仙，想想大集体年代，凡病人他一律说没治了，得等死，现在怎么忽然又都有治了？分明是过去人家穷，他挣不到好处，巴不得病人早死，现在人都有钱了，有利可图，他又做起好人了。可见他替人算命是假，图谋钱财是真。

有人以此话问黄半仙，已年迈的黄半仙道有口难辩："过去来人算命，我分文未取，如今大家有钱了，我也只收个三块五块的，怎能算图财害命？"

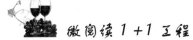

严大说这是狡辩，不断上访、告状。过去找黄半仙卜过卦的人家，也开始反思，认为当年黄半仙一句话就判了病人死刑，也确实太残忍了，便以异样的目光看待黄半仙。黄半仙一下子成了七斗冲的恶人。

直到黄半仙死时，人们对他的认识才有了转变。

因为黄半仙是个"五保户"，在搞生产承包时七斗冲就有规定，田地不包给五保户，而是由村里代种，病老时再由大家将他们供养起来。黄半仙74岁那年得了重病，躺了七天未起床，老"胡日鬼"的中药也吃了，仍不见效。按规矩应送到大医院，可有人忌恨他，不愿出钱；也有人说他老了，治也白治。七斗冲的村长道：不能以怨报怨！这样吧，让他自己把自己算一卦，如果有治，家家户户再摊钱，送到大医院。人们说：让他自己给自己算卜？九成有治。

可他们想错了，黄半仙自知自己年数已高，就是治好一时，也拖不了多久，反而连累了大家供茶供饭，白花他们的血汗钱，还是死了算了吧。便对村长说："不算了！我算了一辈子，全是凭嘴皮子瞎掰，没一句真话。老了，还自欺欺人干啥？"

给黄半仙送葬的那日，七斗冲老少全出动了……

官打送礼的

趁着夜色的掩护，唐老七将提包抱在怀里，溜出了家门。

望着满天的星斗一闪一闪的，正朝他挤眉弄眼呢，他便报以幽默一笑，小声说："你们别笑话我，这一招儿可就是灵呢。"

他自忖道：我唐老七给村支书送了三回礼，哪一回不是立竿见影？第一回为了批地基，第二回为了儿子招工，第三回为了偷伐村林场的杉树，请支书大人高抬贵手别罚款，无不是礼到路通。不送礼那结果就是不一样！不信你试试。不怕你笑话，我唐老七还是一位阴阳先生，看风水、卜卦算命，样样有一套。最近听说乡政府要处理我搞迷信骗人钱财、耽误生产的问题，我知道后吓得激灵一战，但马上就想起了村支书。这支书一手能遮天，打他的关节保证他能"上天言好事、下地保平安"，那上面的处理结果就一定是：上不追究、下不为例！嘿嘿，为例不为例，还不在乎我唐老七？

他信心十足地溜进支书的家门口，左右看了看，没人发现。好呢，正好进门。可是一抬头，门前一左一右正站着两位"门神"，个个叉腰瞪眼逼视他。咦？咋回事？刚把提包往身后挪，却发现是支书的两位公子，这才嘘了一口气。

"干啥的？"

"我……送东西的。"唐老七连忙把皮包递过去。

两个门神打开皮包一检查，尽是好烟好酒，就收好提包，说："东西我们收下，你快走吧。"将唐老七一个劲儿往门外推。

"不，我要进屋，我要见你爹，我不是白送的。"

"去去去，我家有客人。"

"我合该就不是客人?"

"啪!"一只巴掌扇在他的脸上。

"咦,你咋打人?"唐老七喊。

突然后屋大厅里传出支书的声音:"老大老二,外面因何吵吵嚷嚷?"

"爹,我们抓住了一个小偷。"

"不、不是小偷!"唐老七喊道,"我是来瞧瞧支书的。"

又一只巴掌扇来,二位公子吼道:"啥?你想敲掉支书?爹啊,"公子们朝屋内喊,"有人想谋害你!"

支书在屋内喟叹道:"我当支书公正无私,得罪了不少人。这不,就有人暗中来谋害我!"

唐老七大声叫屈:"我不是来谋害支书的,是来给支书送、送礼的。"

"啥?你给我爹送纸的?"一只手从背后捂住了他的嘴,紧跟着一连串巴掌左右开弓打来,打得唐老七口鼻流血,嗷嗷乱叫。

"爹,这人来给你送烧纸,咒你早死呢。"

支书又在屋内叹息道:"我当支书如此得罪小人,又有谋害的,又有咒我早死的,还有人诬告我行贿受贿的。唉,我这个支书,当得划不来呀。"

"爹,咋处理?"

"把他送回家去吧,别跟这种人一般见识。"

唐老七被一左一右两位公子架到大路上,然后有一只脚突然把他踢倒在地。他爬起来,失魂落魄地跑回家,吓得一病不起。他不明白这一切都是咋回事,太反常了!难道是自己的末日到了,就流着眼泪说:"我不服呀,我死也不服呀!"

没想到第二天村支书亲自来探视。支书说:"你唐先生真不长眼啊!昨天晚上乡纪委的人正在我家调查我行贿受贿的事,你他妈的这时去,不明明是想授人以柄吗?"

唐老七"哦"了一声,吓得心惊肉跳。

"你不是会算卦吗?咋不卜个好日子?"

唐老七道:"我老算不准,就……"就翻开卦书,查验昨日,原来上面写着:忌送礼!唐老七惊叫道:"我查了一辈子卦书,只有昨天最准!"

招聘情人

　　小翠一觉醒来，天已大亮，连忙梳理了一番，赶到公司。昨天，她与一位叫娟的女孩一起到这家公司应聘打字员，总经理说，从明天起你们上班试用一个月，然后二者挑一。她暗恨自己懒惰成性，以致误了钟点。要知道，第一天上班是很关键的，农村姑娘进城找工作是多么难啊。

　　赶到公司，果然那位娟已先她而入，正按总经理的吩咐敲打着一份文件。翠后悔极了。

　　"总经理，早上好！"翠匆匆去找总经理报到。

　　"哇，丽娜，你比昨天更漂亮了。"总经理靠在椅子上，伸出双手作拥抱的样子，耸着满脸肉疙瘩盯着翠笑。丽娜是翠进城后改的"洋"名。

　　翠也嫣然一笑，心里骤然产生一个念头：漂亮的外表也是女孩求职的资本，再加几分甜蜜可以锦上添花。

　　于是她掏出一块口香糖（此时她嘴里正嚼着一块），拆开塞进总经理嘴里。然后很嗲气地问："老板，口味怎么样？"

　　"哇，能吃上一位漂亮的小姐亲手送来的口香糖，我太荣幸了。"

　　翠便格格地笑。

　　从此，翠更注意打扮了，几乎一天一个装束，尽量把女孩的性感特征夸张出来，每一天都引起总经理哇哇的赞叹声。看来，总经理对她的直觉很不错。

　　不过，翠发现，娟不仅打字排版的水平不亚于她，而且手脚也勤快，桌椅沙发都被她擦拭得锃光耀眼。当然，娟也有缺点：相貌平平，而且寡言少语。这方面正是自己的优势。翠觉得有必要在心理上战胜她。

　　"娟，你家是农村的吧？"翠咄咄逼人地问娟。

"你家是吗?"娟轻轻地说。

"我家当然不是。农村多苦哇,连冰箱、洗衣机都没有。"

"也不见得。"娟说。

"你还骗我?我就是乡下来的,要不然……"

翠忽然意识到自己说漏了嘴,连忙打住。她见娟正在笑,便恼羞成怒,起身就走,哼了一句:"真农民!"

翠跑到总经理跟前,很委屈的样子,大骂了娟一通。总经理连忙过来哄着她,问:"我的丽娜怎么啦?是娟欺负了你吧?说出来我替你做主。"

"总经理,您该清楚了。您到底是用娟打字呀,还是用我打字?"

"用娟用娟。"

"那我……"翠的脑子"嗡"了一声。

"你当然更要用。不过,你这么漂亮的女孩子,怎么能干那种辛苦活儿呢?娟勤快,打字干活正合适。你嘛,"总经理色眯眯地盯着翠,"就当我的秘书兼情人好啦。"

"啊!"翠目瞪口呆,差点儿没吓傻。

总经理马上过来扶着她,把金戒指戴在她手上,哄着她道:"丽娜小姐,想开点,当当老板的情人也没什么,当好了,可是比娟强百倍千倍啦。"

翠哇的一声哭出来,扭头冲出了大门……

给你一个教训

A君囊中羞涩很久了。一日，他灵机一动，在全国的几家大报刊上刊登了一则广告："请随便寄来一封信，本人将免费给你一个人生教训。"

广告一刊出，立即引起轰动，人们觉得这则广告太新奇了。纵观当今铺天盖地的广告，却从来没有人免费给教训的，好令人耳目一新。年轻人缺乏教训，很想知道这个教训是什么；中年人害怕教训，很想辨别一下这个教训的真伪；老年人饱尝教训，很想研究一下这个教训的前因后果。霎时间，雪片似的书信从全国各地飘向A君，人们怀着感激之情，向A君发出获得教训的求助信。

然而却石沉大海！

一位身为记者的求助者愤然采访了A君。

"请问，你给我们的教训呢？"

"已经给过了。"A君淡淡地说。

"什么？"记者先生不解。

"当你们幻想不花钱就能得到什么的时候，这本身不就是教训吗？"

记者闻言，不禁目瞪口呆。

这年适逢纸张大涨价，A君卖废纸十吨，得款万余元，除去广告费，赢利万元，终于成了一个万元户！

# 城市的红灯

歌舞厅的坐台小姐冲秀哈哈地笑。

秀问："我只坐台，不陪客，难道不行吗？"

坐台小姐说："开始，我们也是这样对老板说的，但是，有谁会清白到第三天呢？比如我，第二天就被一个该死的款爷看上了，他用一种迷酒灌晕了我，然后把我强奸了。"

"那你怎么不去告他？"秀愤愤地说。

"人家一甩手给我两千，起身走了，到哪里去告？歌舞厅本来就是个是非之地，如何说得清？反正已经失了女儿身，不如将就到底，咱来不就是为了挣钱吗？"

秀吓得脸色苍白，心有余悸地走了。她再也不敢涉足歌舞厅、酒吧间、洗浴中心等这些有钱人的乐园了。

秀虽然来自乡间，虽然也是为了进城打工，但她决不干那种有失贞操的事。决不！她发誓说。

她在城市的街道上焦急地走着，两腿都跑酸了，直到天黑时，才看到一家美发店门口上张贴着一张招小工的告示，心头不由得一亮。

"大姐，"秀对美发店的女老板说，"你看我行吗？"

"你长得这么靓，怎么会不行呢？不过基本工资只有300，其余的隐性收入，就看你的本事了。"

"不！我只要这300块钱。我除了干活，什么都不会干的。"

女老板微笑地点点头，很深奥的样子。

美发店里已经有了几个小女孩，个个抹着血红的嘴唇、粉白的脸蛋，手和腿全露在外面。她们的职业是"干洗"，或叫按摩。秀不这样，她依

然穿得很朴实，也不化妆，她的任务是为顾客洗头。

这天下午，来了一个挺胸露肚的大胖子，进门就朝小姐们滴溜溜地转眼珠。几位女孩争先恐后地站起来道："先生，要不要干洗？""先生，让我来为你按摩吧。"大胖子不理她们，眼光一下子落到秀身上，惊喜地叫道："好一个乡下女子！大鱼大肉吃腻了，还真想尝尝土特产。"说着就来拉秀。秀挣扎道："对不起，我只洗头。"

"好，那你就给我洗一回头。"

秀只好给他认认真真地洗了一回头。大胖子问："小姐家里有些什么人？"

秀小心翼翼地答："有爷奶，常年有病；没有爹，只有一个妈支撑着家；弟弟妹妹还在上学。"

"唉，不容易啊。"

洗了头后，大胖子一甩手给了秀一千块钱，让秀寄回家。秀吓得不敢接。最后还是女老板替她接了。

过了两天，大胖子又来找秀洗头，末了又甩给她一千块钱……

姐妹们替她高兴："恭喜你，秀，你傍上大款了。"

秀吓了一跳，她不能接受那个字眼，便结结巴巴地说："我只觉得他是个好人。要不，我把钱还给他吧。"

不久，胖子开车来了，秀赶紧还他的钱，但大胖子说："那是你的劳动所得，为什么不要？秀，我媳妇也知道你了，很同情你，想认你做干女儿，让我来接你去。"

秀信以为真，很激动地跟大胖子走了。结果不是去大胖子家，而是进了一家宾馆。在宾馆里，秀才认清了胖子的禽兽面目，誓死不从，又哭又咬，夺路而逃。

逃出宾馆后，秀迷了路。好不容易回到了美发店，女老板告诉她：大胖子说了，如果答应，一年包身价是十万，如果不答应，你就甭想待下去，连美发店也给砸了。

"我要告他！"秀哭着喊。

"没用！他说钱都预付给你了，这叫嫖娼，愿打愿挨，你长一身嘴也说不清啊。"

"我死也不会答应他。"

"秀，别犯傻了。想当年我和你一样誓死不从，结果还是被人算计了，干脆一不做二不休，挣钱就挣大钱，有了钱后，自己开了这个美发店，一年少说也挣二十万。别的女孩子想这样的好事还想不来呢。再说，你家里正需要钱啊。"

"不！不！"秀仍然哭着喊。

"那，为了本店的安全，我今天就不能留你。"

秀"呜"的一声，捂着脸冲了出去。天正下着大雨。街上没有行人，只有来往的汽车溅起一路水花。秀的头发和衣服顷刻间被淋湿了。但她哭着喊着，拼命往前跑。

前面突然亮起了红灯，这是一个十字路口。秀被迫打住了。雨下得更大了。秀想侧身横穿马路，可这边的红灯又接着亮起来。秀哀叫一声，身子一下子瘫在雨水里……

第二天，城里便多了一个披头散发的疯女子……

平　衡

这天，老雷头外出回家：看见一条自来水管牵到了邻居家门口，邻居老张头一家正在高高兴兴地接水吃哩，那哗哗的流水声，多么像一支优美动听的音乐，唱得他们一家人飘飘然如痴如醉一般。

"哈，这下子省得挑水吃了！"老雷头搭讪道。

"可不是咋的，天天挑水吃，可把人累得够呛。今日好不容易把水管牵过来，总算办了一件大事，邻居们也都省点事儿。"

"是哩是哩。"老雷头点头道。可是，不知怎么的，脸上竟飞起一道红晕。

回到家里，正好水缸里缺水。老雷头摸出水桶，刚把扁担搁在肩上，却突然发起愣来。你说怪不怪，按理说，邻居有水管，你老雷头去接一担吃不就行了吗？这样省路又省力，人家也乐意。然而，老雷头却想，自己没替人家挖一锹土，也没出一根水管，却像人家一样吃方便水，心里怎么过意得去呀。可是，如果像往常一样到一百多米远的水井去挑水呢？也说不过去。邻居没得罪你呀，你舍近求远为哪般？瞧，老雷头活了一辈子，没想到今日竟陷入了进退两难之中。

怎么办呢？犹豫了老半天，老雷头决定还是先去邻居家接点水再说吧，便厚着脸皮，点头哈腰地去了邻居那里。老张头一家人倒也十分热情。

"接吧接吧。"老张头和老伴一齐说。

"哎，接、接。老张你，可真……"

"客气啥呢？都是邻居。"

"是哩是哩。"

看他们的脸色，的确是笑眯眯的。老雷头低头回味道。然而，难道他们就一点别的想法也没有吗？老雷头是个细心的人，他把水挑到家之后，又想道：不可能一点想法也没有，也许他们在接水管之前就有打算呢。"总算办了一件大事。"你听听，"邻居们也好省点事儿。"你再听听。他们是在用接水管这件事来炫耀自己哩，想让邻居们都眼红他家，说："瞧，我多牛气！你们应该巴结我。"这样一想，老雷头就觉得他们的笑脸背后隐隐藏着另一张脸，上面写着：我接的水管，你凭什么吃水？而老张头的老伴平时最爱唠叨，肯定心里早就说开了：真不害臊，亏得你还吃得下；就连他们家的那条大黑狗，也朝他瞪着绿眼睛，似乎在向他发出警告哩。

于是，老雷头的心就沉重起来。他恨自己那天为什么不在家，为什么不替老张头出一把力；也恨自己平时没有把老张头一家当知己看待，每次见面总是点头了事，以至于今日……

"要不要给点他们好处？"他又想，唉，早知现在，何必当初，怪就怪自己没有远见卓识哩！

第二天，老雷头下班回家，遇见老张的老伴对他歉意地说："对不起，老雷，刚才我的大黑狗钻进你的菜园子，把你的青菜踩倒一大片。"

"是吗？没事，绝对没事！"老雷头连忙说。

"要不，我赔点菜给你。"

"不用，绝对不用！都是邻居，不要客气哩。"

老雷头钻进园子一看，自己辛辛苦苦种的青菜，果然被狗趴断了不少。要往日，他会牢骚一番的，不过今日他一点怨言也没有，甚至有点庆幸。吃了人家的水，人家的狗踩倒一点菜又算什么。这样一想，老雷一直沉重的心，一下子轻松了许多。

老雷头又去挑水。老张头一家人照旧热情地同他打招呼。奇怪，同样是一张笑脸，那感觉就不一样。那笑是真实的笑，那笑脸后面分明写着：接吧接吧，我的狗踩断了你的菜，你接点水算啥。而那只大黑狗正趴在那里望着他，也似乎在说：接吧，不然我就问心有愧哩。

从此之后，老雷头接水的时候，就不再轻手轻脚，不再点头哈腰；再接水时，他就大声说话，大声哼歌儿，把水龙头放得哗哗响。

 # 酒 话

青龙长得面黑而丑，细高个儿，走到外面像一条拉长了的影子，无声无息，被人小瞧。

但是，丑人不见得就做不了富人，丑人不见得就抖不起来。青龙一夜之间就暴富了，据说是让老婆逼去做生意，歪打正着，赚了一大笔；外加买彩票中了头奖，转眼就成了百万富翁。青龙有了钱，先让自己跟老婆焕然一新，然后让房子家具也赶了时髦，不仅住了过去连做梦都不敢想的楼房，家里的摆设也一应俱全，并且还在街面置办了一宗买卖。

老婆白虎，粉面恶相。穷时，天天骂青龙无能，不给青龙做饭吃；如今做了富婆，涂脂抹粉、插金戴银，奇装异服一身，越发年轻性感。顿顿给青龙做香菜可饭，拉着长音喊"老公"，时不时学电视里的人物搂着青龙刚刚隆起来的小肚子，把头歪在他的肩背上，好一副柔情似水的样子。

青龙却不是个忘事的人！青龙想：哼，你现在倒成了一团棉花糖，又甜又粘的。想当初，你骂我无能的时候，你的黏糊劲儿去哪里了？你收拾我的时候，你的夫妻情又去哪里了？你忘了，我可没忘！你只字不提呀，我可不能不提！至少你要说声"对不起"，再给自己一巴掌，说声"狗眼看人低"。但青龙心虚，一开口就想起了她那份凶相，那骂人可是不眨眼的，收拾人可是没完没了的，给青龙的印象太深刻了！要不咋叫"白虎"？刺激重了，还不知道她又给什么颜色看呢。

所以，这事一直搁在心上，硬是找不到时机。

却说这天晚上，青龙忙完生意回家，见白虎又炒了一桌子好菜，还摆了一瓶价值300元的进口酒。青龙举起酒瓶一看，全是洋文，打开盖子

抿一口，又稠又香又冲，果然与国酒不同。这时，青龙脑子一闪，就有主意了。

席间，夫妻俩举杯相碰，先同饮三杯，然后青龙要"感谢"妻子盛情，又自饮三杯。白虎斟完酒，说："这酒烈，千万别喝醉了啊。"

话音未落，青龙便趴在桌子上笑起来，是那种哭笑、疯疯癫癫的笑。

"老公，你不会真醉吧？"白虎连忙过来拉他。

青龙却一甩手把白虎打了个趔趄，自言自语地数落开了：

"白虎啊白虎，你知足了不是？你享福了不是？想当年，你一天不骂人窝囊废就活不下去，一天不骂人无能就没话可说，说什么我青龙是一副叫花子相穷鬼的命一辈子吃糠咽潲的料儿；还说什么我青龙要是能发财你就一头碰死在南墙上。白虎啊白虎，你门缝里小瞧人，井底下小看天，却不知朱洪武也有走背字的时候呢。如今我时来运转了，你跟我享了清福，不盼你往南墙上撞，但你不该连声'对不起'都没说就想蒙混过去。唉，都说象皮厚，跟你的脸皮相比还差得远呢……"数落完了，便假装呼呼地睡着了。

白虎听得真真切切，知道他在翻旧账。也不说话，只管冷眼旁观着。

不一会儿，青龙抬起头来了，眨巴眨巴眼睛说："老婆，我刚才是不是喝醉了？"

"你刚才是喝醉了，醉得不轻呢。"白虎说。

"我没、没说什么吧？"

"说了，全是酒话，当不了真，当不了真啊。老公，你酒量有限，就别喝了，让我替你喝。"

没想到白虎一连喝了三杯酒之后，也趴在桌子上。不过不是笑，而是哭，扯着嗓音哭，哭得青龙心一揪一揪的。她也一边哭一边数落道：

"青龙啊青龙，该死的青龙！挨千刀的青龙！你是穷人暴富，挺胸叠肚；叫花子捡块黄泥巴，就以为发了金财，你还差得远呢。人家比尔·盖茨是头号富人，家财千亿，从银行里取出来，当柴烧也得烧二百年，你呢？人家李嘉诚的儿子一出门就住总统宾馆，你呢？听说全天下的松下电器，全归日本的一家子所有，你呢？相比之下，人家是千年老松，你连一支松针都算不上。你还吹什么牛皮！说什么我跟你享了清福，我这算什么清福？人家杨贵妃大冷天想吃荔枝，立即有人骑快马送来了，我呢？人家慈禧太后老佛爷一顿饭吃二百道菜，我呢？人家武则天当了皇帝，找了三千个老公，我呢？青龙啊青龙，你这个没良心的，我白侍候你了！明儿你惹急了我，我非搞得鸡犬不宁不可……"数落完了，也呼呼地睡着了。

青龙听得目瞪口呆，吐着长长的舌头，好半天还在心跳。

不一会儿工夫，白虎醒了，揉揉眼眶道："老公，我刚才喝醉了吧？"

"是、是有点醉。"青龙连忙站起来给白虎沏茶。

"我没说什么吧？"

"没有！不过，说的也是酒话，当不得真、当不得真。"

"那就好。来，接着喝！"

"不！不！"青龙吓得一激灵，连忙把酒瓶收起来，跑到卫生间去擦脸上的冷汗。心里咚咚地想：好险啊！幸亏我刚才说的是"酒话"，不然的话……

从此，青龙再也不敢胡思乱想了……

开放时代

朱约翰生而逢时，从小就赶上了一个对外开放的好年代，不仅目睹了洋货、洋人蜂拥而至的热闹场面，还亲自出过几次洋，大开了眼界，回来后换了人似的，满肚子洋哲学、洋文化、洋观点，满嘴巴洋名称、洋词汇、洋腔洋调。为了迎合新时代，他首先改了个洋名字叫约翰·朱，按中国人的习惯就是朱约翰。

朱约翰住的是欧式洋楼，开的是宝马洋车，穿的是美国西装，踏的是意大利皮鞋，戴的是瑞士手表，洒的是法国香水，说的是英国式汉语……家里的用具和摆设也全盘西化；而且看家狗包利是德国犬，宠物贝蒂是波斯猫。一进门，还以为走进了外国大使馆呢。

一日三餐，朱约翰吃的是日本的大米、美国的面粉、巴西的土豆、空运来的外国水果蔬菜；喝的是咖啡、可可和进口饮料……平日里只出入专为外国人开办的商店市场。

朱约翰最爱去的宾馆叫伊丽莎白、最常去的餐馆是麦当劳，最爱过的节日是情人节、愚人节和狂欢节；最隆重的节日是圣诞节。圣诞节一到，他就携家带口去旅游，而中国的春节、中秋节，他则照常工作。

朱约翰虽然找个洋姑娘做媳妇的愿望未能实现，却娶了个同样崇洋喜外的女子，名叫杨玛丽。杨玛丽染一头金发、描两只碧眼、隆一记高鼻、涂一脸白粉，活脱脱一个欧美白人，天天对着镜子和戴安娜比美；满口"哈拉"、"噎死"、"塞牙了啦"……为了能和洋人在一起，杨玛丽放弃了月薪万元的中国公司，跳进了月薪五千的洋企业任职。

朱约翰和杨玛丽一见钟情，周一放电、周二约会、周三牵手、周四接吻、周五同居、周六结婚，礼拜天在基督教堂里举行了一个洋婚礼之后，双双走进朱约翰的小洋楼；两人约定：生了儿子叫朱利安、生了女儿叫朱丽叶。

说来也怪，就连朱约翰家饲养的鸡也深受主人的熏陶，加入了崇洋一族。原来，这一公一母两只鸡是朱约翰的一位土掉牙的儿时朋友送来的礼物。尽管朱约翰坚辞不受，可那位可恶的朋友还是不长眼色。朋友一走，朱约翰就想把鸡杀掉，但一想到洋人最讲"人权"，甚至把爱护动物提到了"人权"的高度，只好放弃了这个不文明的念头。

却说这天傍晚，两只鸡外出归来，变得差点让主人认不出来了。乍一看，还以为是两只火鸡走错了门呢，但朱约翰仔细一瞧：这不是自己那两只鸡吗？瞧，它们把头上、屁股上的毛全部拔光，不知在哪儿把身子染成红褐色，打扮得像一对货真价实的小火鸡。怪不得这几天它们天天早出晚归，敢情去了附近的火鸡场，跟人家洋鸡混上了。

"你们这是？"朱约翰开始有点不解。

"咯咯……"两只假火鸡昂首挺立，迈出八字步，在朱约翰面前转了三圈。

"哦，上帝！"朱约翰拍着巴掌叫道，"你们善解人意，不愧是朱家的小 baby 哟！"

朱约翰立即就对它们别眼相看了。他给公鸡起名叫约瑟夫，给母鸡起名叫安蒂尔。

谁不夸朱约翰是中国的洋人？谁不赞美朱约翰的小洋楼为洋人之家？

然而，谁也没想到，一场风波破坏了这一切，从此给朱约翰的生活带来了 180 度转折。

这场风波就源于那两只鸡。那天中午，公鸡约瑟夫一反常态，不知何故拼命地追打着安蒂尔，骑在安蒂尔的背上啄她的脑袋，狠命地啄，直啄得她头破血流还不解气；而安蒂尔却一声也不敢吭，可怜巴巴地接受着这残酷的蹂躏。朱约翰见了，脸色马上难看起来："约瑟夫先生，你太缺乏绅士风度了。你怎么对自己的太太如此粗暴呢？"

"咯！咯！"约瑟夫从母鸡背上爬下来，"尊敬的主人，请跟我来！"约瑟夫给主人带路，朝自己的家走去，然后跳上母鸡下蛋的笼子；只见那上面正躺着一枚火鸡蛋，显然是母鸡刚下的。"我的主人，你对此有何说法?"

"哦，上帝!"朱约翰虽然听不懂鸡言，但什么都明白了。原来母鸡红杏出墙了，公鸡这才吃醋呐! 就忍不住笑起来，笑得是那样开心，那样幽默，那样意味深长。

但这笑声只持续数秒钟，便僵在朱约翰的脸上。他突然笑不出来了，而是骂了一声"八格牙路"，拔腿就往外跑。本来他想开车，但一见到那辆洋玩意，立马产生恶心反应。他跑啊跑啊，一边跑一边呕吐，一边呕吐一边扔他的美国西服，扔他的意大利皮鞋，扔他的瑞士手表，最后终于光着脚丫子跑进了一家洋企业——那是他的太太杨玛丽上班的地方。

果然，就在总经理办公室里，那位洋老板正和自己的新任女秘书杨玛丽紧紧地搂在了一起。一声吼叫，杨玛丽立马像刚才那只母鸡一样吓得瑟瑟发抖，狼狈不堪地畏缩在一边。

倒是这位洋老板镇静自若。他摊了摊手，很不以为然地说:"约翰·朱先生，你太在意了。这有什么? 这在我们国家是再也平常不过的事情。"

朱约翰气得两眼喷火，一只拳头挥过去，嘴里就发出一声标准的"国骂"——

"去你妈的!"

出书热

一天，猪正在门外散步，看见了一头牛一匹马和一只羊正聚在一起聊天儿，便凑了过去。

猪听见牛叹道："我每天耕地耙田，吃的却是草，连一丁点儿棉饼都捞不上。"

马说："我也不轻松，赶车拉磨，吃的不也是草吗？"

羊说："我每天生产羊奶，还要自己出来找草吃呢。"

最后，牛总结道："总之，我们不能再过这种贫民生活了。如果我们有了钱，就可以吃香的喝辣的，花钱请别的动物代劳，自己坐享其成当老板。可是，靠什么才能发一笔意外之财呢？"

话音未落，猪便接口了："写书呗。"

"写书？"众动物不解。

"各位有所不知，"猪接着说，"你们整天忙碌在外，不了解国内大事。我呢，吃饱喝足之后，就躺在棚里睡觉，时常听见主人的电视机在播报时事新闻呢。据说，目前短平快的最佳发财途径就是出书。"

"你能不能说具体点？"几位伙伴来了兴致。

猪便讲开了——

你们知道孙悟空吗？对，就是那个大闹天宫火眼金睛护驾唐僧去取经的齐天大圣。那孙猴子先是忤逆不道，后来改邪归正，为西天取经立下了汗马功劳，为世人所景仰。自从作家吴承恩写了一部《西游记》的传记后，导演们争先恐后改编电影、电视剧，什么《大圣孙悟空》呀、《神侠大圣传》呀、《无敌美猴王》呀……粉墨登场。于是，孙悟空成了举世瞩目的新闻人物，达到了家喻户晓，老幼咸知。那孙悟空不愧是孙悟空，盛名之下趁热打铁，不到八天就拼凑了一部自传《血与火的洗礼——我是怎么保护唐僧的》。书一问世，读者抢购一空，每年重印 24 次，已销售 30 亿册，光中国就达到人手两册。那孙猴子名利双收，据说稿酬收入扣除个人所得税，已达到一千万亿，成为全球首富，目前正准备写续集。眼见孙悟空写书发了大财，其他几位同道也摩拳擦掌、跃跃欲试。首先是那傻帽唐僧不甘寂寞，用十天时间涂抹一部书《我和我的爱徒孙悟空》，该书一出版就成了第二大卖点；紧接着是呆子猪八戒，用十二天时间胡诌了一部《我与师兄孙悟空》，销售也十分看好；那闷葫芦沙和尚步其后尘，又用十五天时间捣鼓了一部名叫《我的大师兄孙悟空》的书，卖得也不错；最后是那匹白龙马，现出原形后用了二十天时间也瞎编了一部书，名叫《我见证了孙悟空》。至此，凡西天取经的成员都写了书，发了书财。

却说孙悟空等人靠写书发了财之后，与他有过交往的神佛仙道们也都眼红心动起来，悄悄打起了写书的主意。先是玉皇大帝指派秘书捉刀，写了《我的臣民孙悟空》，接着是如来佛嘱咐弟子代笔，写了《我是怎样驯服孙悟空的》，王母娘娘口授了《孙悟空大闹蟠桃宴的前前后后》，太上老君写了《孙悟空偷仙丹的来龙去脉》，哪吒太子写了《我和孙悟空大战花果山》，牛魔王写了《我和孙悟空的是是非非》，铁扇公主罗刹女写了《我和孙悟空三过招》……总而言之，你方唱罢我登场，出版界里好热闹。如今，听说在取经路上被孙悟空打败过的妖魔鬼怪黄龙怪、蜈蚣精、犀牛精什么的也写起了书呢。

猪讲完以后，动物们如梦方醒，啧啧连声，大受启发，都说这写书发财的主意实在好极了。

羊说："虽然如此，我们这些连孙悟空的照面都没打过的，又如何能写书发财呢？"

猪听后哈哈大笑。猪说："反正我是与孙悟空有过关系的。我爷爷猪八戒与孙悟空的哥们关系是举世皆知的，我的书名就叫做《我的祖父猪八戒和孙悟空的兄弟情》。"

经猪这么一点拨，牛豁然开朗，哞了一声，道："佩服佩服。我的书名也有了，就叫做《我爷爷牛魔王与孙悟空的一段恩怨》。"

马咴儿一声，说："照二位的思路，我的书也有名了，就叫做《我爷爷白龙马眼里的孙悟空》。"

正在这时，突然响起"咩咩"的哭声。大家回头一看，是羊。羊泪流满脸地说："眼看你们都要写书发财了，而我却没法动笔呀。我爷爷咋就跟孙悟空没有一丁点儿关系呢？"

大家正替羊着急，老谋深算的牛"哞"的一声，说"有了"。牛对羊说："羊，你快给猪跪着。"

"我为什么要给它跪着？"羊平时最瞧不起又胖又笨的猪了。

"想不想写书？想写书发财就听老夫的，立即跪了。"

羊只好忍气吞声地跪了。

"喊声干爹。"

那羊何等聪明！一闻此言就什么都明白了。喊了声"干爹"就爬起来，大叫道："咩，我的书也有了，就叫做《我的干爷爷猪八戒……》。"

"慢！"猪打断它的话说，"嘿，你有没有搞错哇？猪八戒是我爷爷呐。你想写书，却不想做晚辈哪成！"

羊说："也罢，那就叫做《我的干祖宗猪八戒和孙悟空的故事》。"

主意一定，大家分头回去，开始动笔了。

一瞪之仇

仇大爹在公共汽车上被人瞪了一眼，心里腾的一声就冒起了大火。本来这火种一直就留在心里，着急进城吧，汽车偏偏晚点；好不容易盼来一辆，人多又没有挤上去；好不容易挤上去了，就挨了那人一瞪。这人是个年轻人、红头发、黑脸蛋，鼻子歪着，长得倒不难看。可你凭什么瞪了我一眼？仇大爹气愤地问。红头发黑脸蛋的小子竟回过头来又瞪了一眼。仇大爹便忍无可忍了，也歪着脑袋瞪他。两人就这么瞪着。最后，仇大爹败下阵来，毕竟力不从心呀，他的眼睛都瞪得涩痛，差点回不了窝，而那小子却把眼睛瞪得像牛蛋似的，毫无眨眼之意。

仇大爹挨了此瞪之后，气得浑身乱颤，该办的事一件也没办成，只好气急败坏地回了家。一进家门，看见老爷子的遗像正冲着他哭呢。仇大爹忽然想起了一件事，立即翻箱倒柜，拿出仇大爷的临终遗言，哆哆嗦嗦地读下去：

……你们老追问我，为什么这段时间我吃不下饭睡不着觉，精神一下子垮下来，整日愁眉苦脸，现在我就回答你们：我是让人气的！我死也是让人气死的。那人是一个年轻人，红头发、黑脸蛋、歪鼻梁。那一天，我因为不小心咳了一声，这个家伙就回头瞪了我一眼。气死我了！你凭什么瞪我一眼？我吃我儿子的饭，穿我儿子的衣，花我儿子的钱，没动你的一根毫毛，你凭什么瞪我？我越想越生气，真想和他拼了。但我是个七十多岁的老人，怎么能斗得过他呢？这一口气便憋在心中。我死不瞑目、死不瞑目啊……

114

"仇人啦，我跟你没完！"仇大爹歇斯底里地吼起来，"这是家仇，世世代代的家仇啊！此仇不报非君子，我若不战胜你，我仇某人枉为仇家传人。"

为了报此世仇，仇大爹一边寻找仇人下落，一边苦练瞪眼本领。首先，他用了五年时间磨炼睁眼功，做到了泰山崩于前而眼不眨，可以24小时不闭眼。这一招是关键，在对阵中，眼一眨就说明怯了阵，是失败的前奏。然后，他又用五年时间学习瞪眼术。也甭说，仇大爹练功就是有方，他通过循序渐进，最终达到了瞪人时只见眼白不见眼珠子的境界。为了练好此功，仇大爹瞪不离眼，骂不离口，恨不离心，他请来雕塑家按仇人的模样制作了一副塑像，日日随身携带，见物如见人，激励自己报仇雪恨的斗志。十年生聚，大功告成，恰巧这时他的仇人也有了下落。

报仇这天，仇大爹一大清早就赶到了仇人的住所，将仇人结结实实地阻在门前小道上。仇人相见，分外眼红，仇大爹嗷的一声真想扑过去将他碎尸万段，但一想到这种手段违反了江湖规则，就恨恨地罢了手。君子报仇，行之有道，这与暗箭伤人何异？于是，仇大爹铁塔似的站在仇人面前，将手一叉，也不说话，开始瞪起眼来。那小子也不愧是瞪林高手，当即应战，也歪着脑袋，将一片白眼对着仇大爹。但不可否认，那小子到底还是技高一筹，他不仅能静瞪，还可以晃着脑袋瞪，换着角度瞪，横着瞪，竖着瞪，皱着眉头瞪，嬉笑怒骂瞪，嘲弄地瞪……而仇大爹只能用一个姿势瞪。从清早对峙到天黑，两人不分胜负，但最后仇大爹受不了啦。他的眼睛早已生痛，饥饿和疲劳又使他站立不稳。他咬着牙，突然感到头晕目眩，身子一摇晃，一个踉跄就摔下去，不省人事了。

奄奄一息的仇大爹，临死时拉着儿子仇大少的手，断断续续地说："儿子，记住你爷爷是怎么死的，记住你爹爹是怎么死的。我们与仇人仇深似海、不共戴天。为仇家报仇雪恨的重任，就落到你的身上了……"死时二目圆睁，久久未合。

这仇大少是一位新潮青年，学过法律。他想：妈呀，爹爹花去十年光阴也不能战胜仇人，我还不得花二十年啦。太久了太久了，不适合信息时代的快节奏；为今之计，不如告仇人一状，将他送进监狱，提出精神补偿，既可以达到借刀杀人的目的，也可以捞到一笔外快。于是便精心构思了一张论点鲜明、论据充分的诉状，递到当地法院。

　　法官问："你的被告是那位红头发、黑脸蛋、歪鼻梁的人吗?"

　　"是他! 正是他!"

　　"你是第十三亿零一个控告他的人。"

　　"可见他罪恶深重，全国人民共讨之。"

　　"可我们都拒绝受理。"

　　"为什么? 难道他也敢瞪你们?"

　　"不然。经我们调查，他只是一个天生的斜眼……"

发现了一个贼

在公交车上，我一眼就认出了一个贼。这个贼长得白白净净，笑容可掬，斯斯文文的，还戴着一副深度眼镜。也许你认为他不像贼，可是，难道贼的脸上都刻着"贼"字不成？不是我多心，而是车上的贼太多了，总是叫人防不胜防。我之所以认定他是贼，是因为他正笑眯眯地盯着我的手提袋。你坐汽车就老老实实坐汽车罢了，你的眼睛老盯着别人的东西干吗？答案只有一个：不怀好意！这时，我不能不佩服贼的眼光，贼毕竟是贼，他一眼就看出我的手提袋里装着 1000 元钱。这可是公款呀，是老板派我和同事妮妮一起去购物的。所以，当这个贼盯住我的手提袋时，首先把我吓了一跳，禁不住"啊"了一声，然后下意识地紧紧抱住手提袋。同车其他人见状，马上明白这车上有贼，也纷纷把自己的包捂住，眼睛东张西望。妮妮悄悄问我："娜娜，发生了什么事？"我朝她使了个眼色，把她拉到车门口。

车一到站，我和妮妮飞速下车。我松了口气，然后神采飞扬地向她描述刚才发现一个贼的前因后果。正在这时，我不经意地朝身后看了一眼，发现那个作案未遂的贼也下了车。这个发现使我的神经再度紧张起来。我对妮妮说："不好！那个家伙贼心不死，又跟踪我们来了。看来，他是有准备、有预谋、有计划的，非占有我们的钱财不可了。注意，现在性质已发生转变，他偷窃不成就来抢劫了。"妮妮也紧张地问："怎么办？"我大义凛然地回答："妮妮，老板待我们不薄呀，决不能让公司的财产受到损失！"

于是我们挨在一起，四只手紧紧地护着手提袋，快速地向前逃去。"等等！等等！"那劫匪一边追赶我们一边大声叫喊。

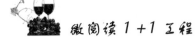

我们加速奔跑！倒霉的是，我们从来没有这样跑过，一开始就累得上气不接下气，步子明显慢下来；而路上的行人却越来越少。当我们拐了几个胡同跑到一口无名小巷时，发现这里偏僻得连一个人影也见不到。

劫匪却离我们越来越近！

"怎么办？"妮妮战战兢兢地看着我。

我咬咬牙，一股英雄豪气充满我的全身。我把妮妮拉到巷口内，小声交代说："为了保护这笔款子，我们必须分头行动！你拿着钱马上离开这里，并且伺机报警；我来掩护你。"

妮妮感动得眼泪一下子流出来了，说："娜娜姐，我走了，你怎么办？要知道你凶多吉少啊。"

"好妹妹，别难过！"我一下子抱住妮妮，放声痛哭，"听天由命吧。万一、万一我被劫匪伤害了，你就替我转告我的男朋友，让他照顾好我的爸妈，拜托了。"

"娜娜姐！"妮妮号啕大哭起来。

"不能再婆婆妈妈了！"我一把推开妮妮，从手提袋里掏出钱，塞进妮妮的怀中，然后伸出脑袋在巷口外搜寻了一番，命令妮妮立即朝左边的胡同跑去。

劫匪越来越近了。我站在巷口等候着，见到劫匪后，我故意咳嗽了一声，以便引起他的注意。劫匪果然上当，很快朝我奔来。

为了拖住他，我不紧不慢地跑着。直到逃得无路可逃——原来这是一条死胡同！

生死攸关的时刻终于来临了。我知道劫匪都藏着刀子，在于己不利的时候动手杀人。但我不能作无谓的牺牲，何况钱已转移了。所以，当劫匪扑到我面前时，我主动把手提袋扔了过去，那里面只有一卷卫生纸和一包刚启开的卫生巾。

"哇，原来你知道我要这只袋子嘛！"劫匪气喘吁吁地说。

我冷笑一声，揶揄道："你大老远一直跟踪我，不就是想要里面的东西吗？"

"误会！误会！小姐，你的手提袋上写着'奇而特'计算机公司的地址和电话，我要的是这个呀。"

"什么，"我大吃一惊，简直难以置信，"你骗人吧？"

"我为什么要骗你？我本来就是找这家公司的，可我的通讯簿忘在家里了。"

"妈呀，你怎么不早说呀！"

"可是，你们只管跑，也不愿听我说话呀。"

"原来是这样！"我变得哭笑不得。

"劫匪"掏出纸和笔，一笔一画地抄下纸袋上的地址和电话，然后鞠了一躬，转身走了。就在这时，听见有人喊："就是他！"话音未落，两个警察闪电般跳了过来，一眨眼工夫就将那个假"劫匪"铐了起来。

我有必要澄清真相，就大声喊道："放了他，他不是劫匪！"

一个警察拦住我，问："你怎么知道我们抓的是劫匪？"

"我……"我一时没答上来。

"同伙！"警察一声吼叫，把我也铐起来了……

# 偷棒子

太阳三杆子高时，刘二杆子还弓在床上打呼噜，大屁股朝外面，一撅一撅的。这时，出门解手的媳妇上气不接下气地跑回家，摇着男人的屁股喊：

"二杆子，快起来，咱村又出了头号新闻。"

二杆子被摇醒，好梦也搅碎了，心里就有些窝火，操操地骂开了："报你娘的丧，啥新闻还有老子瞌睡大？瞧你小伢仔没见过大人啥似的。"

媳妇不恼，依然喜滋滋地说："知道不，隔壁碰石头的大花牛，昨儿黑天丢了。"

"你再说一遍！"刘二杆儿抬起了头。

"碰石头的大花牛丢了，全村老少都聚在稻场上议论这事呢，不信你也去听听。"

"哈哈……"刘二杆子仰身大笑，然后一屁股坐起来，"婆娘，赊块豆腐去。今儿个该咱发财啦，提前庆贺庆贺。"

媳妇吓得一哆嗦，连忙用手堵住男人的嘴，低声问："不会吧！这牛是你偷的？"

"放屁！"刘二杆子把媳妇一脚踢开，"老子昨儿黑天跟你搂一宿，魂儿去偷啦？"

"我说也是哩。"婆娘直往后退。

"愣你娘的黑大腿，还不赊豆腐去！耽误了发财，小心老子卸了你。"

女人哎哎两声，不敢多问，从厨房里拿只碗就出门了。

刘二杆子点了火，把灶膛烧得通红，直到铁锅热得冒青烟儿才见媳妇颠颠地回来，一进大门就伸手抠豆腐吃。

"嗨嗨!"刘二杆子嚷开了,"你八辈子没吃豆腐?女人家寒碜不!"

媳妇嘿嘿笑着,跑过来把手里的豆腐塞进二杆子嘴里,"又白又嫩又香,你也尝尝。"

刘二杆子上下嘴皮一错,吧唧一声就把豆腐咽下去。然后他抢过碗来,命媳妇给锅里浇油,自己却朝豆腐狠狠吸溜几下鼻子,馋得控制不住,三下五去二,一斤豆腐全进肚子里了。

"操!你瞧你,自己全吃啦。"媳妇见状,咧着嘴巴,气得想哭又不敢哭。

"好长远没吃豆腐了,怪想的。"刘二杆子笑了,"看把你眼红的!再去赊一斤呀!"

"都欠了人家三斤豆腐钱啦,"媳妇委屈地说,"这软话好说吗?我看不惯人家的脸色。"

"操!等老子发了财,偏偏不买他的豆腐,看他还拿脸色不!"

刘二杆子骂了一顿豆腐坊,又对媳妇说:"咱今日个不吃豆腐了,吃饺子!你包好,等我回来吃。"

"你干啥去呀?"

"抓小偷!"

媳妇一屁股跌在地上,半天才回过神来,"二杆子,你疯啦?没听说十个偷牛贼九个是牛屠夫吗?他们手里拿着砍刀,谁抓他就砍谁。你不是想送命吗?"

"谁告诉你抓偷牛贼啦!"刘二杆子忍不住乐了,狠狠踢媳妇一脚,"我是他爹呀,管这事……我不跟你废话,再晚点,碰石头那小子就兴许跑了。"

"抓碰石头?"媳妇更加不解了,"他一大早就去找牛了,到哪里抓他去?"

"嘘——"刘二杆子急忙瞪媳妇一眼,"你怕隔壁的听不见呀?我不知道碰石头那小子去找牛吗?我还知道他要去偷棒子哩。"

"真的?"媳妇脸上露出笑容。

"老子啥时蒙过你?你听着,你打几个鸡蛋,老老实实在家包饺子,不要出去,更不要对人多嘴巴。"

"哎哎。"

刘二杆子溜出大门，左右瞄了几眼，没有人注意他，这才急急慌慌地朝村南头苞米地里跑去。三里地，转眼就到了。站在地头边，刘二杆子瞄了瞄一块牌子，仔仔细细地念了一遍："严禁偷摘玉米棒子，违者罚款二百元；有举报属实者奖励一百元……"

刘二杆子嘿嘿一笑，然后悄悄爬到一处高地。高地上乱石丛生，乱石间有一块凹地，他跳进凹地里蹲下来，瞪圆一双眼珠子，把玉米地的四周看得真真切切。

秋天的太阳直晃人眼。刘二杆子整整晒了一天，皮肤上起了亮泡，汗也流干了，直到太阳下山了才看见一个人影走过来，认真一瞄，却是自己的媳妇。

刘二杆子迎了过去。媳妇一脸惊慌，压低声音说："我看见刘二杆子回家了，好像并没有偷棒子。"

"我说咋不见他来呢！"二杆子狠狠瞪女人，"是不是你的臭嘴巴露了风声，让碰石头这小子知道我在守他？"

"天理良心！我一直在家里包饺子，没跟任何人说过话呀。"媳妇急得要哭。

"这就蹊跷！这娘卖操的到底是咋知道的呢？"刘二杆子气急败坏地说。

"二杆子，我想问你一件事，问错了你千万莫生气。"媳妇吞吞吐吐地说。

二杆子不耐烦儿，说："啥屁你放吧。"

"你咋知道碰石头一定要来偷棒子呢？"

"就知道你要问这个！"二杆子翘着鼻子说，"你忘了，去年也是这个季节，咱家的大黄牛也被人偷了，我找了一天连个牛影子也没找到，又饿又累，就跑到这块玉米地一口气掰了二十棵玉米棒子……"

点年香·烧年纸

点年香

胡表爷烧了一辈子香，也磕了一辈子头，如今老了，不烧了，要传给儿子。传宗接代嘛。

大儿子当国家干部，二儿子是民办教师，三儿子正在读大学，都不信邪的，只得传给没文化的小儿子。

年夜饭一吃，对联一挂，胡表爷就张罗着点大红蜡烛，细细的小香也排在桌子。小儿子尿桶盯了一眼香，不满地说："爹，让你买两尺长的龙香，耐烧，不影响打扑克，你不买；这粉条样的玩意儿，才一指长。"胡表爷开导道："香小意思大，勤洗手勤点香，才见'孝'字。"接着，就把烧香的规则指点一番：如何洗手、如何肃静……

天一煞黑，尿桶胡乱地点上蜡烛，洗手之后，在蜡烛面前排三只香炉，香炉里各插三支香，对着烛火点上，作个揖，插好，整个过程屏声静气，一脸庄重，完全像老子告知的一样做，憋得心慌乱跳。罢了，骂一声，咚咚咚地跑到厢房里打扑克去了。

胡表爷却不敢离脚，守在香桌前，既当"监官"，也当老师。

眼见星光慢慢矮下去，还不见来人，厢房里依然吵吵嚷嚷。胡表爷等得不耐烦，恨一声，只得开口喊叫："尿桶！"喊了两声，才听尿桶说："哦，差点忘了。"接着厢门打开，咚咚咚的脚步声停在院子中间，又听见哗啦啦一泡长尿甩下地。人进堂屋，一只手正把家伙往裆里塞，另一手握着扑克。

竟忘了洗手，摸起小香就点。点罢了，又风风火火地往外跑。胡表爷恨恨地叹着气，不好当着老先人的面点破。

"哪像我们年轻时！"胡表爷心里说。抱着脑袋，不知不觉中竟然进了梦乡。

一声"坏菜"将他惊醒，抬眼一瞧，星点俱灭，老先人被冷落多时了。那尿桶慌得手忙脚乱，捏着小香正使劲往香炉里插，匆忙中，三根就插断了两根。

"逆种！你骂先人断子绝孙哩。"胡表爷忍无可忍。

"没有哇！"尿桶回头争辩道。仔细一想，可不是，"香火"没了，岂不就是骂先人断种吗？

"不要紧不要紧，我眨眼工夫就接上了。"

"肃静！肃静！你还敢在先人面前大声狂语的，快给我滚！"

胡表爷一胂将儿子踢开，战战兢兢地抓起纸钱，磕头又作揖，向先人谢起罪来！

烧年纸

大年三十吃年饭，消受那一顿美餐叫过年。过年之前必烧年纸。年纸堆积如山，事先打成钱印，对折起来。香桌清理干净之后，排上贡物，摆上碗筷，放炮有请神仙和先人光临；然后桌前焚纸，焚时念念有词。过去年轻的狗剩只是耳闻目见，今年却要亲自动手，但毫不紧张。有老爷子督阵哩。

随着一阵炮响，狗剩就开始烧了。纸好烧，香桌前分一叠引着，慢慢添力。只是那词儿……狗剩仰头一想，记起来了，便口如颂书文一般，朗声念道："中华人民共和国某省某县某乡胡成仙，恭请天老爷、土地爷、灶王爷、财神爷，还有、还有……一起光临。"

"自家老先人呢？"老爷子提示道。

"哦，对了！把陪客的忘了。还有老祖宗、老太太、死去的老爷爷，等等，都请来吃饭了。爹，能不能等一会儿再请，现在家家户户都在放炮请神仙。神仙肚量有限，怕他们赶不上趟儿，吃不过来。"

"胡说，神仙个个海量，哪像凡人？"老爷子骂道。

"好、好，那就请各位坐好了。神仙们坐上座，老先人们坐下首陪着。酒菜有限，请各位莫客气，只管放开肚量就是。"

"你瞎捣鼓啥？神仙已到，还不烧纸？"

"不急。爹，我寻思这就如家里平常来客一样，做主人的也得跟客人聊一聊，免得冷落了人家。各位来宾，纸钱我一会儿就烧出来了。其实你们真牛哩，酒足饭饱，临走还揣一把，比做官的凡人强多了。爹，纸钱怎么分？"

"啥怎么分，叫他们领就是？"

"好。你们自觉点，人人有份儿。可别抢啊，老先人看紧点。"

"住口！"老爷子跺一脚，"你在胡说什么？"

"本来嘛！不讲清点，他们知道拿多少？又不是分红包，写上名字。谁知他们的思想觉悟怎样？"

"放屁！你这是闹着玩哩。"

"爹，不是闹着玩。话不说不明，木不钻不透，万一他们哄抢起来，造成内部不团结，你的好意岂不成了坏意？"

"混蛋！气死人了，快给我滚！"摸出打钱印的木槌就要打狗剩。

"救人啦！大年三十还打人。"狗剩抱着脑袋跑出去。老爷子长叹一声，这时邻居家突然响起了请神仙的鞭炮声，他急忙跪下来，哀求说："神仙息怒，吃罢再走吧。"

半彪子

"半彪子"的真名叫佳芬，儿名大妮子。大妮子从乡下嫁进城里，业已十年有余，虽人到中年，办事兢兢业业，针尖儿挑不出一个错儿。

但这个记录很快被打破了。

今年春，大妮子一人在家操持家务，门被人敲响了。进来的是两个维修工，穿着工作服，一人背着工具包，一个举着长管子，学徐虎，义务为居民检修煤气管道。大妮子心下欢喜：正好煤气灶不畅旺呢，想吃空心菜，来个卖藕的。便人前人后张罗，伺候茶水，笑眯眯地看师傅们操作。不料人刚走，大妮子就发现自己的保险柜被撬开了，里面的现金不翼而飞。原以为是公家的人，可靠，没想到打电话咨询煤气公司，答复竟是绝对没有派人出去过。

大妮子眼皮底下被盗，遭丈夫一阵臭骂。丈夫三十天没吃她做的饭，晚上分开睡觉。

不久，丈夫出差。三天后，大妮子接到电话，一个陌生人自报医院，称她的丈夫出了车祸，昏迷不醒，有生命危险，需押金一万元。没钱，按规定不得入院。请速汇款至账户……大妮子一听急火攻心，恨不能马上赶到丈夫身边。为了丈夫的生命，只得汇款。谁知丈夫回来时，安然无恙。听到大妮子的汇报，方知她再次上当，便把大妮子狠狠揍了一顿，并扬言：下不为例，否则立即离婚！

大妮子好不容易嫁个城里人，又没有好工作；丈夫本来就嫌她，特别是近年来在外拈花惹草，几次提出离婚，出了这几件事，正好授之以柄。大妮子的肠子都悔青了。天天闭门反省，一会儿恨贼人卑鄙恶劣，不择手段；一会儿骂自己粗心大意，轻信别人。恨极了，就打自己的脸，骂自己是"半彪子"，然后发狠说：往后就是亲娘老子来了，我也要留点心。

人话有毒，说应验就应验了。这天上午，大妮子三年没见面的爹，真就大老远从乡下赶来了。

"爹！"大妮子率先喊了一声，又惊又喜。可仔细一看，爹老了，也不是记忆中的穿戴装束，心里一下子就犯嘀咕了：爹怎么不打招呼就来了？

"你是谁？"大妮子紧接着问。

"我是你爹呀！怎么，不认识了？"爹不满地说。

"不是不是！爹，你请坐。"大妮子马上赔笑。

爹没坐，直接去了卫生间。借这个工夫，大妮子立即给娘家挂了个长途，打听爹的下落。娘家人说："不是去你家了吗？"

大妮子松了口气。可当爹出来坐在沙发上时，大妮子的心中又七上八下不安起来。她偷偷瞥了一眼爹，发现爹不仅老了，也瘦了，声音苍老了许多。过去爹抽烟，现在好像对烟不感兴趣。种种迹象表明，爹值得怀疑！

"爹，你抽烟。"大妮子试探说。

"不抽，戒了。"

"爹，你带身份证没有？"

"到你家来还用得着它吗？"

谈话一下子卡了壳。大妮子忽然想到身份证也可以造假，查也是白查，便调动所有脑细胞，另打主意。终于，一个差点疏忽的细节浮出水面。大妮子兴奋地说：

"爹，记得我小时候，一惹你生气，你就骂我；你今儿再骂我一遍吧。"

"啥？"爹如坠五里雾中，"佳芬，你怎么啦？我发现你今天不对劲儿。"

大妮子也觉出自己失态，就岔开话题，起身给爹泡茉莉茶。

"爹，你今天大老远来有什么事吗？"

爹叹口气，说："一来看看你们；二来呢，你兄弟十一结婚，手头紧啦！我来动员动员，看你这做姐姐的，能不能支持个三万两万……"

又是要钱！大妮子身子一抖，手里的茶杯当地一声落在地上，摔得粉碎。

"你看，吓我一跳！"爹说。

大妮子痛下决心，毫不迟疑地跑到自己的房间里，咚一声关上门，咬了咬牙，拨打了报警电话。

不一会儿，两个警察敲门进来了，径直走到爹跟前，严厉地盘问起来：

"你是什么人？"

"我是她爹呀？"

"带身份证了吗？"

"没有。"

"走！先到派出所去，搞清身份再来。"

"好哇！"爹气得嗷嗷乱叫，手颤颤地指着大妮子，"就算你不借钱，也不能这样糟蹋你爹啊。"

"我、我也不是故意的，我是怕人假冒我爹来行骗啊。"

"半彪子！"爹大吼一声。

一听这话，大妮子精神一振。小时候，爹不就常常这样骂自己吗？拉着长音，忒亲切。看来，他是真爹。

"爹，你回来吧。你是我亲爹。"

"大妮子，你这样对待你爹，将来会遭报应啊。"

眼见爹老泪纵横地走了，大妮子愣怔了半天，肠子像刀割一般的痛。良久，她才哭出声来：

"我是半彪子！可这能怪我吗？"

基因人马利

某年月日，某地忽然发现了一个怪物。这怪物矮矮墩墩、结结实实，虽然是一副人形，却长得皮肤糙黑，一身鳞片；五官虽然与人没有区别，却是一副双眼睑。怪物一出现，人们的第一个反应就是遇见了鬼，吓得东躲西藏；跳大神的巫婆说，这是神显灵了，来向人类发出警告，因为人太坏了，滥杀野生动物；无神论者则认为那是一只畸形动物，并感慨说：这是环境污染的恶果啊！不是常见一条腿的蛤蟆、三条腿的鸟吗？在这个被人为破坏了的世界里，出现了一个人不人、鬼不鬼的怪物又有什么大惊小怪的呢？

有清醒者立即打电话报警。巡警赶来后，认为这是一只从山上跑下来的小动物，至于是什么动物，则应由动物专家认证，就准备将它捆起来，送到动物园。然而这怪物跑得特快，而且似乎身体很轻，能一次脚不落地飞行数丈远，连训练有素的警犬也追不上。警察当机立断，举起麻醉枪准备射击。这时，怪物发话了：

"住手！你凭什么抓我？"

嗬，说的还是一口标准的普通话。警察吓得大惊失色：原来是一个人啊！好险，差点就犯了错误。是啊，谁规定人不能长得黑长一身鳞片呢？既然他没触犯法律，谁也无权抓他。

此后，怪物一直在此地盘留，似乎并无恶意。因为他的态度很友善，见人就笑，就鞠躬施礼，就问好；见小孩子还和他们一起玩耍。他会唱歌、会跳舞、会写字，会说英语，还会帮助学龄儿童辅导功课。渐渐地，大人们不再怕他，小孩子也愿和他嬉闹。

"你叫什么名字呀？"有人问他。

怪物却做出一个鬼脸，拒绝回答。

"你爸你妈呢?"

怪物又摇摇头，鼓鼓嘴巴仍然不回答。

"一定是他爸他妈嫌他丑，不要他了。可怜的孩子!"

人们唉声叹气，还擦着眼泪。

但没有人愿意把他领回家，毕竟心中有些担忧，特别是那一身怪样，谁知道他会不会带来晦气呢? 也没有人为他送水送饭。但有一次，人们发现怪物偷偷啃树皮充饥，他的牙好厉害呀，能把树木嚼得粉碎，然后咽下去。看见人们吃惊的样子，怪物不好意思地笑了:"没办法，我好饿呀。"

有人马上送来米饭和馒头。

人们有意观察他晚上的活动，但到处找不到他的身影。天亮时，第一个发现他的人大吃一惊，大喊大叫地跑回家，说:"不好，怪物淹死了。"

大家一窝蜂跟过去看热闹，只见怪物果然躺在湖中央，面朝下，只露出背，浮在水面上。人们踩脚、叹气，说太可惜了，一个多么可爱的观赏动物啊，说没就没了，往后靠什么打发茶余饭后的空闲呢? 谁知，在一片唏嘘声中，怪物一个翻身坐起来，揉揉眼睛，朝岸边划来，兴奋地告诉大家:"睡得好香啊。我做了一个好梦，梦见自己飞到天上去啦。"

天啦，他躺在水里竟没有淹死。人们奔走相告，纷纷说:真是怪物啊。

夏天，阳光好白好毒。为了预防紫外线，人们不敢把皮肤露在外面，不敢让太阳直射。但怪物却特别喜欢阳光，专往有阳光的地方去。尤其令人不可思议的是，在正午 50~60℃ 的阳光下，他光着身子，枕在石头上睡着了，打着均匀的鼾声。阳光不仅没使他发烫，反而使他面色红润，比往日更精神了。这时，一块白云挡住了阳光，怪物打了一个冷战，一个翻身跳起来……

冬日，一天冷比一天，而怪物却不考虑御寒问题，依然穿着一件单衣，袒胸露背。在第一场大雪过后，人们再看见怪物时，他的身上竟长出了一层密密的黑毛……

怪物的"怪"，真是说不清道不完啊。他每时每刻都在给人们带来惊喜和欢乐。

但不知从哪天起，怪物不再在人们的视线里出现了，人们也一下子把他淡忘了。因为，大家都顾不上理他。"据最新的世界科技报告，地球不适宜人类居住的时间将大大提前，大约在一千年之后，地球要么变成一个冰球，要么变成一个火球，如果我们不在太空中开辟新的生存天地，地球人类就将在宇宙间消失。"这个报告使人们感到了惊恐和悲哀，尝到了末日即将来临的痛苦。

"火星最有可能成为地球人类的第二个家园……"这个消息又使人们精神一振，似乎看到了希望。

科学家们正在加紧制定移民战略。据说，征服火星的计划已开始全面实施了。

这天，是征服一号火星飞船正式发射的日子。所有人都关心这个生死攸关的事件。许多人都在观看电视直播。据说，第一个征服火星的使者，是一个基因人。

基因人出现了。地人全都惊呆了。他不就是那个怪物吗？人们在吃惊之后，又欢呼雀跃，脸上洋溢着喜悦和欢笑。

基因人正在向人们发表告别演讲："亲爱的地球人，我的兄弟，大家好！我是基因人马利。我的父亲是一位卓越的基因专家，我的母亲是一位普通的志愿者。我就要离开你们，去火星上工作了。火星不是一个很危险的星球吗？那里大气稀薄，气温时而高得可怕，时而低得惊人，大地一片荒凉，没有生命。是的！但我的任务就是把科学家培育的耐寒耐热又耐旱的植物种在火星上，将火星渐渐变得适宜人类生活。大家不要为我的安全担心。我身上有贝类基因，加上我这副尊容，足以抵制致命的宇宙射线；我身上有最耐热和最耐寒的动物基因，足以抵御火星上的任何气候变化；我身上还有植物基因，可以把阳光转化为能量；我身上还有白蚁和蚯蚓基因，可以吃树木，可以消化土壤里的养分；我身上也有微生物基因，可以抵抗已知的所有病毒。大家是不是为我的呼吸担心啊？不要紧，我可以不靠肺呼吸氧气，而是靠胃来分解吸收氧气，只要液体和食物里有氧化物，就可以供应我的身体需求了。

"朋友，再见了。在两三百年之后，我在火星上欢迎你们。噢，对了，我体内有长寿基因，如果不发生意外，可以活到 1000 地球年。到那时，我会把第二个'地球'恭恭敬敬地献给你们……"

"马利！马利！"地球上一片欢呼。很多人眼含热泪。

送瘟神

公元 25 世纪。

这时的地球，已经变成了一个百孔千疮的皮肤病患者：大片大片的蓝色大海，变成了污黑死寂的废水池，海里的最后一批生物最终死于非命；覆盖在地球表面的植物大部分消失，寒带森林因气温的升高而干枯，热带树木因为气温的下降而冻死；沙漠以惊人的速度吞噬着绿色的土地；所有野生动物全部灭绝……

大气也变得混浊不清，炽热而又变味儿的气体烧灼着人类的皮肤，稀薄的氧气使所有残存的动物气喘吁吁。

人类在大量地死亡。

但人类又束手无策。

因为这时的世界，支撑人类发展的经济命脉已渐渐集中在三大巨头之手：一个家族囊括了全球所有工业，被称作"工业巨头"；一个家族掌握了世界汽车的生产和销售，被称为"汽车巨头"；一个家族控制了世界人造能源的全部股权（地下能源早已开采利用殆尽），被称为"能源巨头"。尽管人们都知道工业废水是江海污染的主要源头，汽车尾气是空气变质的凶手，能源利用是温室效应的罪魁祸首，但所有人，包括普通民众和政府在内，却对他们无可奈何。要知道，三大巨头是所有国家的主要纳税人，并掌握着世界经济的主导权。虽然要求三大巨头停止生产、减少污染的强烈呼声不绝于耳，却难以获得成功。停产，就意味着经济损失，这比剜他们的肉还难受！

面对三大巨头的唯利是图，人类只好望天兴叹……

一天，世界首席科学家迈特尔先生发表一项报告，在距离地球若干光年的河外星系，发现了一颗适宜地球人类生存的星球。为了保存地球上的文明成果，他建议火速移民。不过，迈特尔也坦言，由于路途太遥远，即使乘坐最快的光速飞船，也需要数十地球年。因此，这无疑是一次单向旅行。而宇宙飞船也必须具备供人类正常生活的条件，它不仅要空间大，还要功能齐全。为了提高运载效率，最好建造可容纳数千人生活的巨大飞船。这些，科学已经解决了所有技术问题，但需要花费巨额资金。

这份科学报告给人类带来了一线光明，也使三大巨头跃跃欲试：

为了做一批移民，三大巨头倾囊相助，世界所有重量级科学家全部投入光速飞船的设计研究中。他们首先建造了一万台巨型发射塔，按 100100 的规格分布在方圆 10 公里的地面；然后在每台发射塔上安装一只最先进的巨型火箭。接着，在这些火箭上方组装特大型宇宙飞船，在这只 10 平方公里面积的飞船里，其生活条件完全依据地球，既有人造太阳，也有人造月亮，有山有水，有空气，有树木，也有绿地，环境十分优美。按照迈特尔先生的设想，飞船可一次移民三千人。但三大巨头否决了这个设想：

"活该我们倾家荡产，却是在为他人做嫁衣？"

"我们家族是靠什么起家的？如果不把我们的业务扩展到外星球，就是去了又有什么意义？喝西北风？"

"我们要求把机器和生产线带到飞船上去，不然，我们待在飞船里干什么？"

在三大巨头的压力下，迈特尔被迫改变了自己的计划，飞船不再运载移民，而是装满了工业巨头的生产设备、汽车巨头的汽车和能源巨头的人造能源。

在飞船即将发射的时刻，三大巨头带着自己的家眷和女秘书，以及经过精心挑选的数百名技术工人走进了飞船……

迈特尔一声令下，一万只火箭同时点火，只听一声震撼地球的巨响，飞船徐徐飞上了灰色的天际，消失在茫茫太空，向着既定的目标飞去……

一百年后，地球上的空气开始清新，海水重新蔚蓝，许多生物再现了踪迹，人类又恢复了正常生活。至于那艘宇宙飞船，由于迈特尔先生作古，已无人提及了。不过，飞船上有监视器，人们从回收装置里看到了那里的景象后，无不长叹一声：那里的环境就像一百多年前的地球……

 # 数字时代

世界真安静呀！尽管同事们近在咫尺，却听不到人的说话声。大家围在自己的高屏风办公桌前，面对着五彩缤纷的电脑，聚精会神地"挖掘"宝藏……

九点钟，T07准时到达公司，按了一下电子报到器，便走进自己的工作间。电脑终端已经启动，他看见了办公室主任发来的工作指令。交给T07的任务就是搜集上个世纪世界各地的特定情报，并进行分析、归纳，交出内容提要。T07输入相关文字和数据，点击搜索，浩如烟海的信息资源便滚滚而来，令人目不暇接。再输入更详细的文字和数据，那么他需要的情报便自动分类，内容也更加翔实。同时，他还用几十种世界文字进行搜索，又找到了各国的原始资料。瞧，刚到休息时间，他就完成了今天的初步工作，下一步就是整理成文了。

吃着中午按时送来的工作快餐，T07禁不住感慨起来。数字时代真是妙不可言啊。世界都数字化了，工作数字化了，就连生活也数字化了，数字把世界每一个角落都连在一起。数字还代替了人的双腿、双手，甚至大脑，人们不挪窝儿，就能去他想去的地方，看到他想看的东西，得到他想得到的一切。一切都由电脑完成，人所要做的，就是做做电脑的帮手而已。这还不神奇吗？比如说，他今天干的这项工作，据老一辈人讲，人们在接受任务之后，首先就是去泡图书馆，从堆积如山的书籍里翻阅资料，把重要的内容复印下来，再整理出成品，就像自己半天的工作量，他们也许要耗费数周、一个月的时间。烦不烦啊！

饭毕，T07放弃休息，打算去非洲旅游，再看一眼埃及的金字塔和人面狮身像。便戴上头盔，通过数据手套操作，进入电脑里的"人工现

实"。这虽然是一个虚拟场景，但却是真实世界的复制品，人可以在这个三维空间里走动、飞行、回顾，更重要的是，你所看到的一切会随着视点的变化即时改变，现场的动感性极强。T07 身临其境般慢慢欣赏这个数千年前古代埃及人留下的世界奇迹，再一次为它们的庞大和未解之谜而兴叹。

正在这时，T07 的上网手机响起了红色的震动声。打开一看，是母亲发来的信号："儿子，妈想去你那里。"

T07 赶紧回复："妈妈，咱们昨天晚上不是已经见过面了吗？"

"孩子，妈已经老了，想见一见真实的你，亲手抚摸一下我几十年未曾碰过的儿子，亲耳听一听几十年未曾听过的儿子的声音。我知道你很忙，但我已经出发了，马上就可以到达你的家。"

T07 回答说："好吧。"他摇摇头，感到母亲真是多此一举。

其实，T07 绝不是一个不孝之子。每个周末，他都会和母亲见一面，小叙一会儿，他向母亲问候几天来的身体和心情状况。当然不是用电话问候——这个信息时代初期的宠物已经过时了，而是在另一个"人工现实"里聚会，这个"人工现实"多半是母亲的家，那里的每一个房间，每一个角落，都由他去自由走动；还有母亲的模拟像——这个模拟像每周都可以更新一次，以便看到更接近真实的母亲；当然在母亲的电脑终端里，自己的模拟像也是每周更新的。他走近母亲，和母亲聊天，他们彼此的标准声音通过电脑的语言识别装置转化为数据，传输给对方的电脑，然后再转化成普通话。有时，他还带着母亲走进酒吧去喝饮料，去高尔夫球场打球，或去爬山。这些地方都是依据真实的场景模拟下来的。尽管二十多年未见面了，他却可以随时陪在母亲身边。可母亲还是不满足，居然想亲手抚摸一下真实的儿子！母亲啊母亲，你真是老了！

T07 随即向家庭服务器发出指令，让数字空调将室温调节到适宜的温度，让电灯照亮整个房间，数字音响响起柔和的音乐声，数字微波炉开始热饮料；还向电子门锁输入识别密码，一旦母亲光临，门马上自动开启；同时启动安全监控设备，数码摄像机也同时运作，以备发生意外。

做完了这一切，T07 通过网络向上司打了个请假报告。在得到绿色信号后，他匆匆赶回了家。他见到了白发苍苍的老母亲。这是一个跟显示屏里见到的相差无几的老太太，只是比电脑里更真实一些。母亲也正注视着他，脸上的皱纹突然动起来，眼眶里闪动着晶莹的泪光，轻呼一声："儿子!"伸手拥抱过来。

可是，T07喊了一声"妈妈"，再也说不出什么了。他的眼眶发涩，却流不出一滴泪水；喉咙哽咽，却发不出一句声音。许久，他才哭出声来：

"哇! ——哇! ——"

母亲吓了一跳。母亲松开手，端详着他，问："儿子，这是你刚出生时的哭声，你怎么啦?"

T07面无表情。许久，他一把将母亲拉到电脑跟前，在那上面输入一行文字：妈妈，我很高兴，也很难过! 可我表达不出来，我不会哭了，也不会笑了。

汽车时代

汽车时代的爱情——来也匆匆、去也匆匆。城市里突然流行这样的感慨。

不错，城里都是"汽车族"，每人拥有一部小汽车，比每人拥有一辆自行车还容易。大家都在发财嘛。有车就有爱情。这不，一辆崭新的"奥拓"一到手，秋子就抖了起来，人一抖起来，就有人忙着给秋子介绍女朋友。

然而，秋子第一次约会，就倒霉在车上。

秋子驾驶着奥拓，早早就动身，往约定的地点出发。谁知一拐进街道就遇到了缓缓流动的车流。过去秋子没有开过车，也就体会不到司机的滋味，今天算是身临其境了：满大街全部塞满了花花绿绿的小车，与红绿灯的距离似乎还有一公里路远，车子就开始停下来；甚至前方的绿灯亮了几次，车子也难得动动身。为了减少路口的塞车机会，红绿灯转换时间增加到五分钟，这更增加了等候的时间。没办法，谁让如今大家都"阔"了呢？既然阔了，除了买汽车又怎么能表现出来呢？

有人在大声咒骂着。

既然走不了，只好慢慢等，总不能把汽车变成直升飞机吧。如果它们有这个功能，恐怕天空上充满了汽车相撞的交响曲。

秋子终于赶到了目的地，匆匆跑过去。在一棵美丽的四季青下面，果然站着一个窈窕的美女身影，不过，她是用背对着秋子的。"春子。"秋子喊。他知道这个女孩叫春子。

"哼哼，你让一个女孩在这里等了三个小时，真牛啊！"

"春子，你听我解释。"秋子喊道。可春子却头也不回地走了。

秋子充满悲愤！此时，他唯一的念头就是想喝酒，喝得一醉方休。可现在酒店里根本不卖酒。这是"市规"，因为到酒店用餐的人几乎都开着车。秋子只好趴在方向盘上唉声叹气，直到进入梦乡。

一觉醒来时，秋子的心情突然好起来，特别是一触摸心爱的小汽车，手就发痒。他决定开车去兜风。车买这么久了，还没有痛痛快快地过一回瘾呢。他驾着车，撇开这座城市，加大油门，一直向南、向南……

开了很长很长时间，眼前忽然出现一座陌生的城市，其鳞次栉比的高楼大厦和拥挤的街道与自己的城市毫无二致。唯一不同的是，城市边缘的路口上挂着巨大的标语——

欢迎光临全球唯一不塞车的城市——桃花源市

我们的目标：把街道变成"停车场"，让汽车成为"货币"！

停车场？货币？秋子正在纳闷，却见一个女孩朝他招招手，拉开车门钻了进来。"是你？春子！"

"意外吗？我是刚刚下的飞机。"春子哈哈大笑，"走，先把车开到'外地车辆寄存处'去。"

"外地车辆寄存处？为什么要开到那里去？"

"看来你还不明白。本市独到之处就在于：所有小汽车都配备着通用的智能钥匙，可以打开任何一辆小车。"

"有这种事吗？"秋子感到迷惑不解。

秋子寄存了自己的"奥拓"，领来一辆自己喜欢的汽车。春子把握着方向盘，把车开进城市的主干道。只见车流虽缓，却从没有停下来过，而车道两边的"人行道"——这里称作停车道——上，停着无数的小汽车。

"本市的所有路口都建有立交桥，同时不允许汽车左拐弯，所以才不会出现塞车的现象。"春子介绍说。

"难怪这里的街道被称作'停车场'，不愧是流动的停车场啊。可是，如果我想拐到别的地方去办事，怎么办？"

"好吧，你说你想去哪里？"

"喏，就是路口左前方一公里处的地方，哪里好像有一个大商场。"

"好的。"春子立即把车开到道路右边的"停车道"上，然后下车拉着秋子的手通过地下通路，来到通往大商场的路口，这里的"停车道"也停着各种颜色的小汽车——全是像他们一样想到别的地方去或就近办事的人留下来的。春子掏出钥匙打开其中一辆红色小车，两人钻了进去，继续往前开去。

"在桃花源市，只要你拥有智能钥匙，每一辆小汽车都可以自由乘坐，你不管在哪个位置，都可以在最近的地方找到小汽车。"

"怪不得汽车被称作可以流通的'货币'呢。可我还是有一点不明白，残缺的货币由银行来回收，而小汽车这张'货币'一旦损坏了，又该如何处置呢？"

"问得好。这里的小汽车一旦报废了，或损坏了，自然由政府交通部门负责收回并销毁。不过你放心，你手上的智能钥匙的有效期只有十年，也就是说，十年后你必须重新向交通部门再付一部车的款，重新登记，否则你就失去了开车的资格。"

"这么说，连购车也不用个人操心了。这倒省心啊。"秋子笑道。

秋子和春子一边聊着天，一边随心所欲地逛完了该市的所有著名的景点。两人谈得很投机，春子甚至还主动挽起了秋子的手……

天晚了。春子说声再见走了。余兴未尽的秋子把汽车开到"外地车辆寄存处"换回自己的"奥拓"。

秋子发动"奥拓"，忽然找不到自己的城市方向了。他急忙打开随身携带的旅游地图查看，却怎么也找不到"桃花源市"。

秋子急得心跳加快。他记得有一个"世界城市网站"，便打开笔记本电脑，点击网址：www. worldcity. com，输入"桃花源"三字，回车，显示器上出现了一个红色"！"，接着是这样一行文字：

该城市在地球上不存在！

电器时代

阿器是那种遵循生活规律的人，尽管枯燥，却不厌其烦。毕竟，许多人已适应了这种按部就班的生活轨迹。

你瞧，天还没亮，阿器就起床了，是被闹钟吵醒的。在梦中，她时常呻吟，按科学的说法，是白天留在心底里的劳累催生的。不过，醒来后，睁眼一看，心情就奇迹般地好起来。因为她看到了满屋子的电器：对面是宽屏幕数字电视，电视下面是 DVD，背后是立体声音响，床边是智能梳妆台，窗下还有一台奔五电脑，头顶上有中央空调，地上有电暖器，就连床底下，还铺着调温毯呢。这些都是她生活中的伴侣和宝贝，一见到它们，就感觉心里充实多了。这时，她要做的第一件事就是伸手扭开音响，和着曼妙的音乐起床了，先上卫生间洗脸漱口，然后坐在客厅里喝牛奶。牛奶是从电冰箱里拿出来的。有时，她不想喝牛奶，想喝豆汁，就打开豆浆机榨汁。——她的食谱里必须是流质食物。吃了早点，再把换洗的衣服扔进自动洗衣机。抬头看一眼墙上的电子钟，该出发了，便收拾好手机，穿上外衣走出防盗门，踏上了电梯。

走在大街上，满大街全是电器。那花花绿绿川流不息的大小汽车，难道不是一辆辆会走的电器吗？每个交叉路口都装着电子眼，电子眼旁边是红黄绿灯，变压器和程控仪散布在不显眼的角度里，电子板挂在所有人多的地方，人行道上一辆辆电动自行车快速驶过。阿器登上了公共汽车，一抬眼又看到了移动电视正在播放 MTV，许多乘客的耳朵下挂着一部微型录放机。

半个小时后，阿器走进了电器厂，绕行在电焊机、电接器、电瓶、电锯、电刨、电动起降机……中间，穿过正在组装的抽烟机、电锅炉、電子收款機、柜員機、電吹風、電熨斗、驗鈔機……的車間，來到她的办公室。她的办公設備是一台電腦，還有打印機、保密箱、報警器、碎紙機、傳真機……

徜徉在電器的世界里，天天与電器打交道，阿器突然想到：人是多么偉大啊！電器不是五花八門、功能齊全嗎？它滲透在生活的每一個領域，讓它們干什么就干什么，全心全意地为人類服务，似乎比人更聰明、更能干、更忠誠、更盡職；可惜，它們沒有思想，沒有意志，沒有人格，被人類牢牢控制在自己手里，它們的能耐再高，也只能是人類的奴隶罢了。瞧，生活在電器時代里，你大概不會有什么不滿足的吧？

一想到這里，阿器對工作更積極了，生活也更有滋有味了。

忽然有一天，突然停電了。這是很少有的現象，而且還要停好几天。是啊，電器太多了，發電機們不堪重負啊，只得分片拉閘限電。阿器是下班后才知道這一片停電的，只好爬上16層自己的家，累得頭昏眼花，歇了好几次。進了家門，她習慣性地扭開音響，却發不出任何聲音，這才想起停電，一股寂寞感顿時襲上心頭。每天晚上，她都要喝点冰鎮紅酒。然而，這個記錄被打破了，她忽然又产生了斷炊的感覺。她從洗衣機里掏出衣服，打算親手搓洗，然而，手太沉了，揉了几下再也揉不動了。本来她想到大街上去購物，一想到還要走上走下，只好放棄了這個念頭。

亂了！一切都亂了！電視劇沒法收看，網上游戲沒法進行，超級DVD像一堆廢鐵，空調也放不出一点涼气，洗澡池流不出一滴热水……孤獨、寂寞、恐懼、饥餓、煩躁一齊襲來，她嘗到了被拋棄的痛苦，失去依托的無奈，仿佛被囚禁了起来。

阿器蜷曲在床的角落，抱着枕頭，怎么也睡不着覺。沒有規律的生活，沒有秩序的起居，對她来說都是一場災難。她眼睁睁地看着窗外的繁星，希望從那里找到一絲安撫。雖然她好不容易眯了一覺，不久又被一場噩夢驚醒。窗外一片黑暗。一股從頭到脚漫過的恐懼感，令她尖叫起来。她呆呆地靠在牆上，連臉上的汗水都不敢擦，睜大双眼，渾身哆嗦成一團。

熬到天亮時，阿器精神倦怠，昏昏沉沉，像害了一場大病。渴，出

142

奇的渴！可一点儿开水也找不着。牛奶也似乎变了味儿。她失望地走出了房间，摸摸索索地走下楼梯，来到大街。牛奶店里，早已排起了长长的队伍，看那蠕动的节奏，起码得一个小时才能轮得上自己。阿器放弃了，去早点店，打算喝点汤，可那里也挤满了人，广告板上写着"暂缺稍候"的告示。不知还要等到何时，而且人也不断从四方涌来。阿器的头都要爆炸了！她抑制不住哀叫着，抱着脑袋蹲下来，感到体内的神经系统正在剧烈战栗……

"阿器，你这个混蛋！"阿器忽然一跃而起，疯狂地吼叫起来，吓得众人侧目而视。

"哈哈……"阿器又仰头狂笑起来。

"又有一个女孩儿崩溃了，这个时代！"有人叹息说。

"阿器，你这个混蛋！"阿器依然在吼叫。没有人敢近前。

突然，有一个女孩儿行色匆匆地奔过来，照阿器的脸就是一巴掌，骂道："丢人现眼！我才好，你又犯病了。"

阿器立刻老实了许多，乖乖地歪在那女孩儿身上。人们发现，这两个女孩儿长得真像啊，简直就是一个模子铸出来的。

"你们是双胞胎吗？"有人问。

"不，她是我的机器人。"女孩儿说，"最近我去乡下疗养了，把她留在家里为我代劳。听说这里停电，我便匆匆赶回来。果然，阿器不行了。"

这时，女孩儿掀开阿器的头发，从那里取下了一对电池……

时空转移

　　发明家 BJ 先生研制的时空转移机终于问世，并经过动物试验，取得了圆满成功。下一步，就是进行人类试验。然而，迄今为止没有一个志愿者报名参加。

　　其实，这个发明意义重大，它满足了人类试图移民外星系，或进行宇宙旅行的心理要求。唯一令人却步的是：这个时空转移机的操作过程，是把物体进行瞬间解体，变成类光子，并以"量子纠结"的形式，向目标星球发射，然后在彼星球复制重构，变成同一个物体。虽然动物试验很成功，而人的生命毕竟高于一切，万一发生意外怎么办？特别是将一个活生生的人体瞬间分解，更是一件匪夷所思的事。

　　为了吸引志愿者，BJ 先生在试验室里一遍又一遍地播放试验录像。在录像里，他把一只小老鼠、一只狗和一只猴子分别装进时空转移机里，很快一道又一道白光从这个机器里射出来，冲向茫茫宇宙……试验都取得了圆满成功。

　　同时，BJ 先生兴致勃勃地向观众发表演讲："物体重构，就相当于把机器零件重新更换一遍，这才是真正的脱胎换骨啊。如果人体也重构一遍，无异于他的生命从头开始，他的器官重获新生，这就大大地延长个体生命，并让所有肌体功能重新运作。第一个吃螃蟹的人无疑是令人钦佩的，难道诸位当中就没有一位这样的英雄？"

　　话音未落，从门外闯进一个人来，大声说："先生，我志愿参加这个试验。"

　　BJ 先生急忙迎接过去，高兴地问："您说的可是真的？"

　　"让我的生命重新开始，这有什么不好？"

"可是，我必须向您申明，任何一项试验都是带着风险的，可能会遭遇意想不到的情况。"

"大不了是个死呗！"志愿者毫不犹豫，"反正我在这个世界上已经活够了。医生说我是一个抑郁症患者，过去的烦心事让我寝食不安，身体的疾病又令我痛苦不堪。如果试验成功，我就会重获新生；如果遭遇不测，就当是自杀吧，与你没有任何关系。"

"那么，你是否同意马上签订《保证书》？"BJ 先生急切地问。

"当然，现在就签，而且实验也可以马上开始。我实在不愿在这个星球上多待一分钟了。"

"好！好！"双方履行了相关手续，马上开始实验。根据 BJ 先生的指示，志愿者脱光衣服，钻进了空间转移机里。霎时间，一道强光从长长的发射孔里冲出来，奔向蓝天。接着，BJ 先生打开卫星图像装置，从上面可以清楚地看到，这道白光正向遥远的 W 星系 M 星飞去。据说，这个星球的气象环境与地球相似。大约二十分钟，这道白光被 M 星球的一个装置全部接收（也是 BJ 先生提前发射过去的）。很快，一个完整的地球人钻了出来，好奇地观察着那个陌生的星球，脸上荡出可爱的笑容。不错，那模样，与志愿者毫无二致。

"成功了！成功了！"试验室里顿时欢呼一片。

"只成功了一半，"BJ 先生兴奋而又而谦虚地说，"只有把他接回地球，才算圆满成功。"

"那么，何时才能把他接回地球呢？"

"只要他回到机器里，就会自动启动发射程序。你们放心，机器里有食物，即使是没有思维能力的动物，也会进去寻找的。"

果然，那位志愿者很快回到机器身边，伸手好奇地摸了一遍又一遍机器，然后嗅嗅鼻子，又从出口爬了进去。霎时间，一道白光发射出来了。二十分钟后，BJ 先生的空间转移机开始接收光束，并进行复制，很快就从里面钻出一个人来，走路蹒跚不稳，双手向前伸着，正是那位志愿者。

"先生，请谈谈你这次宇宙旅行的体会。"人们围拢过来。

志愿者摇摇头，冲人群发出咯咯的笑声。

"先生，你怎么啦?"BJ 先生感到有点不对劲儿。

"先、生、你、怎、么、啦?"志愿者一字一顿地回答。

"先生，你不认识我了吗?"BJ 先生又问。

"先、生、你、不、认、识、我、了、吗?"

看到这个情境，BJ 先生的脑子"嗡"了一声，自言自语地说："不错! 物质是可以重构的，而非物质的东西却不能。看来，他的记忆已经完全丧失了，需要像婴儿一样重新输入知识。这可是我万万没有想到的啊!"

唐三藏当经理

省市企业，经理的位子一直空缺。原来历任经理都因为好色，栽倒在石榴裙下，重者入狱，轻者罢官，吓得再也没有人敢应下这份差事。

如来佛闻言，立即传佛旨命旃檀功德佛唐三藏去人间走一遭。三藏是位驰名遐迩的清教徒，想当年取经路上，多少美女都想嫁他哩，像琵琶精、蝎子精和老鼠精等还采取了暴力手段，把他囚禁起来，软硬兼施，这些都没有打动三藏的佛心。不然的话，怎么会修成正果，走进极乐世界呢？三藏领旨，不日就降临人间，应聘那经理一职。好像这位子专为他预备似的，一应便中。

三藏刚一上任，果然与众不同。他远离女职员，除了工作接触，从不与她们说话，更不会打情骂俏。与此同时，他戒酒戒茶，清心寡欲，每日清水淡饭充饥。唐经理清正廉洁，部属们哪个不敬畏有加？工作安排也就井然有序，工作效率也就大幅提高。上任三个月，唐经理就荣获了市政府颁发的"优秀经理"称号。

一天，唐经理正在办公室伏案批阅文件，忽闻女秘书郝风骚推门进来了。郝秘书其实是前任秘书。自三藏上任以来，身边的工作人员都换成了男性，女职员全部调离，搞杂务。不过，今天是小郝值日，她是来给唐经理擦桌椅、送开水的。唐经理皱皱眉头说："你出去，让我自己干吧。"

郝风骚低下头，不好意思地说："没关系。经理您这么忙，哪顾得上这些呢？"

唐经理这才扭头瞥一眼小郝，感叹道："都说郝秘书比当年的老鼠精还风骚，原来是传言，传言啊。"遂继续埋头工作。

正在这时，忽然身边响起异样的声音。唐经理回头看去，只见小郝正捂着额头，身子直摇晃。唐经理连忙问："小郝，你怎么啦？"

"没事。"小郝说。可是身子一歪，就栽在地上。

"来人啦！"唐经理一边呼叫一边将小郝拉起来。小郝"哎哟"一声，就势歪进经理的怀里。

隔壁的工作人员闻讯，纷纷赶来了。谁知他们一看唐经理正抱着郝风骚，一个个都捂起了眼睛，一边后退一边说："我没看见，我什么都没看见……"

唐经理大声吼道："废话！还不把郝秘书送到医院。"

"经理，还是您送，您亲自送。"

一溜烟，门口的人全没了。唐经理又气又无奈，低头一看小郝，依然昏迷不醒。唐经理一咬牙，抱起她朝楼下奔去……

这些人都怎么啦？一个个见死不救！连日来，唐经理一直百思不解，真想开会把这件事讲一讲。可是，一想起这件事，脑子就开小差，情不自禁地溜到郝风骚身上。三藏活了这么久，还是第一次零距离地接触女人呢。过去，每当身上的荷尔蒙起作用时，他就将女人比作是狐狸精、吸血鬼、吃人的老虎，这样就什么也不想了。可自从抱过小郝后，认识完全变了。她的身子是那样软啊，像没长骨头似的，散发着从来没闻过的女人味。没想到，这味道蛮吸引人，蛮令人难忘哩。这样一想，荷尔蒙又开始产生作用……

"阿弥陀佛！罪过罪过。"唐经理双手合十，马上又压制住这邪恶的念头。

这日早上，唐经理第一个走进单位，一看墙上的黑板，鼻子差点没气歪。只见上面不知何时被何人画了一幅漫画，正是自己搂着郝风骚的镜头。漫画旁边还配着几句歪诗：

唐经理，假正经

郝风骚，真水灵

怀里有个美女抱

佛祖也会变俗人

唐三藏立即令人把它擦掉。可是，人家再看唐经理时，总是忍不住想笑。过去见了唐经理噤若寒蝉的那些人，如今都朝他挤眉弄眼，一副意味深长的样子。其实，风言风语早就传开了，有人说，唐经理在办公室里和郝风骚接吻，由于用力过猛，活活将她窒息过去；有人说，唐经理抱着郝风骚去医院是假，而是去了附近的旅馆，在那里开了房间……

"阿弥陀佛！只要我心中有佛，由他说去吧。"唐经理倒也泰然自若。

连日来，郝风骚一直请着病假。按《经理守则》的要求，部属生病，经理须亲自去探视，这个制度不能违反。唐经理本应带着办公室主任一道去，但办公室主任一听说唐经理要带他去郝宅，马上请起了事假，说自己死了丈母娘，还朝唐经理神秘地笑了笑。三藏无奈，只得只身前往。

唐经理轻车简从，悄悄来到郝风骚的住处。轻轻一敲，门就开了。郝风骚笑眯眯地站在里面，请唐经理进屋。唐经理一见小郝穿着薄薄的睡衣，浑身都透出一层体色，吓得连忙低下头，安慰了几句，转身就要告辞。

"唐经理！"郝风骚却从背后一把将他抱住。

"郝秘书，你、你想干什么？"唐经理身子一抖，差点没站稳。

"唐经理，别走嘛。"郝风骚抱得越发紧了，"上次你救了我，我还没有报答你呢。"

"男女授受不亲。郝秘书请自重！"

"不！"郝风骚转到他的前面，态度坚定地说，"三藏，如果你真的看不出来，那我就明确地告诉你，我要嫁给你。"

"阿弥陀佛！出家人以佛为念，唐某自小就断了尘念。"

"有人相信吗？"郝风骚冷笑道，"如今上上下下，谁人不知你唐某人与我郝风骚有暧昧关系？连市政府都在调查这件事。"

"阿弥陀佛！纯粹是一场误会。"

"所以，干脆一不做二不休，你我不如堂堂正正地做一场夫妻，过过人间的正常生活。难道和尚的日子你还没有过够吗？"

"这……"

"三藏！"郝风骚娇唤一声，火辣辣的眼光逼视过来，三藏被"烧"得六神无主，赶紧低下了头。

郝风骚趁热打铁，抓起三藏的手就往自己胸前按，另一只手悄悄地解开三藏的裤子。这一连串动作让三藏春潮激荡，浑身战栗，男根高耸。此刻，他再也控制不住自己的理智，大吼一声，就把郝风骚按在床上……

"阿弥陀佛！郝秘书，你果然比无底洞里的老鼠精还风骚。如果当年她也像你一样，早就如愿以偿了啊。"事完之后，唐三藏隐隐有些后怕，"完了完了，我正应了那句话，吃了一辈子斋，到老却为一块臭狗肉坏了名声。罢罢罢，就当这些年的清苦日子是做了一场噩梦吧。想想这男女云雨之事，阵阵快感如潮水般涌来，令人欲死欲生，倒也有滋有味。风骚，你什么时候嫁给我？"

"你认为这可能吗？"郝风骚仰面大笑。

唐三藏脑子"嗡"的一声，就知上当了。三藏愤怒地问："你、你为什么要欺骗我？"

"为什么？我就是要验证验证，这天底下到底有没有不吃鱼的猫。"郝风骚笑得更欢了。

"我明白了。这些日子所发生的一连串事件都是你一手导演出来的！你为什么要加害于我？"

"你不是很清廉吗？你不是不近女色吗？原来这都是鬼话。唐经理，我也没有别的要求，只是想让你调我回来，继续做你的秘书。"

"要是我不答应呢？"

"你看看那是什么？"郝风骚一指房顶，一个摄像探头正对着他们闪烁，"如果你不答应，那么明天你就会听到一个轰动全市的桃色新闻。到那时，你不仅做不了佛，恐怕连经理的位子也保不住。哈哈——"

"我杀了你！"唐三藏大吼一声，用尽力气狠狠掐住郝风骚的脖子，直到她手脚瘫软，再也动弹不得为止。

"我杀人了！我杀人了！"唐三藏站起来，浑身止不住地哆嗦着，"如来佛祖，让我回天上去吧，我一刻也不想在人间待下去了。"

冥冥中，耳畔传来如来的声音："三藏，你凡心未泯，自寻死路，特褫去你的佛号，将你逐出佛门。你好好接受人类的惩罚吧。"

"我好后悔呀！"三藏哀叫一声，跌在地上。

喊　魂

　　母亲有一个津津乐道的故事，就是在我小时候为我"喊魂"。

　　那年，我八岁，夏秋交替的一天，我不幸染上了疟疾，而且是恶性疟疾，俗称"打摆子"。打摆子的滋味，至今回忆起来还令人不寒而栗。明明浑身出笼馒头似的高烧，五脏六腑里却冰天雪地似的寒冷，盖两层被子还打着冷战；睁开眼时，眼皮发涩，发沉，一旦合上，"看"到满世界都在旋转，眼前是无数的圆圈儿，由大及小，又由小及大，无边无际、没完没了。在这个乱哄哄的氛围里，身子似乎一会儿被托向遥远的天际，一会儿又被扔进万丈深渊……

　　母亲说，开始她以为我得了感冒，用生姜、大葱和辣椒叶熬汤，亲自喂我喝，然后让我躺在被子里发汗。可晚上回来，当她发现我身上已烧得烫手、胡言乱语、处在休克状态时，这才慌了神儿。

　　正是收稻季节，母亲为了多挣一些工分，一人包了五亩稻田，中午连饭都没顾得吃，等她好不容易把稻子放倒，已经是日落西山。虽然累得直不起腰，但一想起病中的儿子，就顾不得休息，匆匆朝家里跑去。

　　此时我已昏迷不醒，母亲伸手一摸我的脑袋，禁不住"哎哟"了一声。立即去烧一锅滚烫的开水，用烫毛巾捂我的头部。

　　她的反常举动惊动了四邻八舍，邻居们纷纷赶过来仔细观察、会诊，认为这不是感冒，即使是，也不是一般的感冒。

　　"天，眼珠都发直了。"有个人扒开我的眼皮，下起了断言，"恐怕不中用了哩。"一句话说得母亲呜呜大哭起来。

　　"这可咋办啦！都怪我，就知道挣工分！"母亲后悔得直捶自己的脑袋。

"良良他娘，恐怕请医生也没治了。给孩子喊魂吧，这是最后一招了，试试看。"

"喊魂要心诚哩，越诚越灵，就看你做娘的了。"

喊魂，是当时家乡一带流行的迷信之一。在病人病入膏肓之际，由最亲的长辈站在高处呼唤，因为病人的灵魂刚出窍，还未走远，经过喊魂，灵魂受了感动，就会调头重附肉体……

母亲立即搬来二十级的大梯，放在门口的百年老桐上，然后闭着眼睛，颤巍巍地爬上梯顶，面向西方，含泪呼道：

"良良——你回来呀——"

苍凉的、呜咽的颤音，翻过墙壁、树林，传遍四野，在夜风中起落旋转。

"儿呀，你快回来呀，娘不能没有你呀。"

喊着喊着，不知不觉夜色浓了，四周村子的门窗上那蒙蒙灯光，亮起又熄灭；夜深人静，万籁俱寂，只听见夜风在树梢上呼呼摇动的声音，淅淅沥沥的秋露也漂洒下来。母亲的手脚都冻麻木了。但母亲不停地呼唤着，她的嗓子已喊哑了，声调已走了样子，整个村子上空绵绵不息地回荡着她的悲呼声，一声急切一声，一声沉痛一声……那晚，很多妇女没睡好觉，她们听着母亲的呼唤，想起了自己的儿女，眼泪把枕头打湿了……

也许是母亲用烫毛巾捂我的头部起了作用，也许是发病的周期已过，也许真是这种伟大的母爱力量的召唤，天要亮时，我竟从昏迷中奇迹般苏醒，感觉也不是那样高烧了，只是口干、舌苦、浑身无力，就发出沙哑的声音喊："娘，娘。"

我的身边没有了娘，却听见从窗外传来那一阵阵悲怆的呼喊，仔细辨认，正是我的亲娘，有一年，独身一人的我在山洼间迷了路，娘就是用这种声调呼喊我的。

"娘啊。"我的精神为之一振，立即回应一声，然而声音太弱了。

"娘啊，我在屋里呀。"

娘根本听不见，她的呼声依然是那样深沉，那样执着，在寒风中战栗。

我翻身爬下床，由于大病初愈，站立不稳，摔了几跤，才扶着墙壁出了门。"娘，我早就回来啦。"扑通一声趴在地上。

　　母亲这才发现了我，立即停止了呼喊，低头问："良良，是我的良良吗?"

　　"娘，是我呀。"

　　"哎哟! 我的儿啊!"娘哇的一声大哭起来，不顾一切地扶梯下地，由于心太急，手脚又僵硬，下到半截一脚踩空，咚的一声掉下地，却顾不得呻吟一声，立即奔过来抱起了我。

　　"真是我的良良，儿呀，儿啊，你好啦?"

　　娘笑着，声音却像鸭公一样难听。她用颤抖的手抚摸我的全身，发现高烧已退，又笑起来，可笑里饱含着泪水。

　　娘一瘸一拐地将我抱回病床，因为饥饿和劳累，托不起我，一连摔了好几跤……

　　在床上，母亲紧紧搂着我睡下，我感到她的身体像打摆子的我一样滚烫。天亮后，母亲为我熬了鸡蛋汤吃，可她自己却因为生病而睡了半个月。

　　后来，母亲在和我说笑时，总是不无自豪地说："你这个没良心的孩子，不想做我的儿子，是我将你喊回来的。"说着就乐了。

　　"奇怪，"母亲又说道，"为啥别人喊魂，总是不大灵验呢?"说时，又疑惑又欣慰。

报　应

当年，在修建京九铁路大别山区鄂豫交界地段时，曾发生了一个家喻户晓的故事……

大别山下有一户人家，母子俩过日子，儿子去修铁路，只剩下母亲在家。家里有一台电视机，母亲白天干家务活，晚上看电视节目。

母亲姓曾，人称老曾婆，嫁过两回。现在的老伴已死，至于第一任丈夫是怎么死的，只有她自己知道，在别人心里一直是个谜。

一天晚上，老曾婆无意中看了一个电视节目，叫作《法制讲座》，看着看着，不由得眼皮跳动起来。

不好哩，有灾祸哩。老曾婆想。便使手按了按眼皮，可一松手，又跳。真不好哩！难道我也该遭报应了……都三十年了！本来，那时光大河的水，不知冲淡了多少人间故事，除了天知地知，便是你知我知，只要自己不说，老天爷难道会开口不成？

可是，一个不祥之感，越来越强烈，身子也抖起来。

电视里讲的是一位年轻军人，在部队里学到了砒霜中毒的知识，便联想到他小时候母亲暴死的情景，其死状与砒霜中毒一模一样，于是他向家乡法院写信提出了自己的怀疑。法院经过开棺验骨，证明死者果然是砒霜中毒，遂将毒死妻子的军人之父捉拿归案。也就是当时著名的"子报父仇"案例……

她不敢想象自己，越不敢想象，越是情不自禁地想起来。而且对那件事的记忆又是那样深，一想到那个罪恶的细节时，她就吓得不寒而栗。

所幸的是，她和前夫的儿子，当时只有一岁，什么也不会知道；她改嫁后，又随了继父的姓。除此之外，她的前夫没有近亲，也没有旁支，独门独姓。当时，人们都听老曾婆说丈夫是得了暴病而死的。具体细节不甚了了，只知道男人一死，老曾婆很快嫁了一个外地货郎子，也就是现在的老伴。因为都是外姓人，也没谁会管这个事。也许，自己能够侥幸躲过老天的制裁吧，毕竟时光之水，已平静地淌过了三十个春秋。

然而，记忆的闸门一旦打开，怎么关也关不住。自从那次电视之后，就觉得有个影子老跟着她，阴魂不散。有时，睡到半夜，又梦见了那件事：在她战战兢兢，一狠心锤起锤落的瞬间，一道污血直溅她的脸，往往在这个时刻，她"啊呀"一声惨叫，醒了过来，茫茫四顾，流一身冷汗，浑身像筛糠一样。

不好哩，是该报应了，躲不过去哩。她坐起身子，久久地哀叹道。

几天来，老曾婆滴水未进，情绪跌入了最低点。那个不祥的预感一天比一天沉重地压迫着她，终于，她决定：该采取最后行动了。

她抓住一条麻绳，哆哆嗦嗦地挂在墙上的挂钩上，系好扣子，准备把自己的脖子套住。

正在这时，只听咚的一声，门被撞开了。只见两个公安人员站在她跟前，厉声喝道："你是曾秀兰吗，请跟我们走一趟。"

"啊！"她倒抽一口冷气，身子止不住地痉挛起来。"是我是我，我知罪！"身子便瘫软下来，脑子里变得一片空白，耳朵不停地响着一个嗡嗡的声音：报应、报应、报应……

原来，在铁路工地上，一个三十多岁的民工在处理一座无主坟时，发现坟内有一只癞蛤蟆卡在骷髅内，出于好奇，他拨开癞蛤蟆，竟意外地看见脑骨后有一处被钝物击碎的破洞，断定死者生前是被东西砸破脑袋致死的。恰巧有公安人员路过，民工就把这件事报告了上去。公安机关经过顺藤摸瓜，终于确认此坟乃是老曾婆前夫的。至此，老百姓对老曾婆前夫不明不白之死终于有了答案。

最令人称奇的是，这个民工竟是老曾婆和前夫所生之子。

 # 都是电话惹的祸

出差已三天了。

晚上，G 忽然想家，便掏出手机，给老婆打个电话。

"喂!"家里的电话响两声便接通了，但回答的却是一个陌生的女子。

"请问你找谁?"那女子问道。

"你是谁?"大成反问。

"我是这家的保姆。"那女子说。

"保姆? 我怎么不知道? 你什么时候来的?"

"昨天。昨天才从家政服务公司聘来的。"

G 哦了一声。他知道妻子经常念叨想请个保姆来，但没想到这么快就找到了，而且是趁他不在家里。

"M 呢? ……哦，就是你的女主人。"

"她和她的先生已经到楼上休息了。"保姆说。

"什么?"G 大吃一惊，"你没搞错吧? 我正在出差呐，我才是她的先生呢。难道你不知道吗?"

"我刚来，怎么会知道? 反正，他们倒像一对恩爱夫妻，一点儿也分不出真假来。"

"格老子!"G 狠狠地骂了一声。我刚出差不久，你就给我戴绿帽子。怪不得结婚这么多年了，她还天天打扮得像新娘子。我还一直蒙在鼓里。

G 恨得咬牙切齿。但他心中清楚，自己身在外地，鞭长莫及，想捉奸未必能捉得到。现在只好请保姆帮忙了。

"小姐，你对婚外恋和偷人养汉怎么看待?"G 和颜悦色地说。

"我最恨第三者插足了!"保姆说，"我和丈夫原来恩恩爱爱，就是让

在城市里逃亡

一个小妖精给破坏了。丈夫逼我离婚后，为了生活，我才走上了当保姆这条路。"

"哦，原来是这样。"G心中暗喜，"既然我们同病相怜，你能不能帮我一把？你放心，我决不会亏待你的。"

"你说吧，先生。"

"你发现家里的相机了吗？"

"是有一部。"

"你偷偷走上楼去，把我妻子偷情的场景拍下来。如果不成，你就……照那对狗男女的头上砸去……"

"我怕犯法。"保姆说。

"不要怕，这主意是我出的。如果办得好，我多付给你一年的工资，另外还赠送一条金项链。"

关了手机，G依然沉浸在恼怒之中，辗转反侧，难以成眠，只恨自己没长翅膀，不能早点飞回去，棒打潘金莲。

也不知过了多久，手机响了。G急忙搁在耳朵上接听，里面传来一个陌生男子的声音。

"喂！"

"你是哪位？"G奇怪地问。

"我是谁并不重要，"对方冷嘲热讽地说，"重要的是，你的女人正在跟另一个男人做爱呐！你恶心吗？小子，你这只绿王八是当定了，快死吧，你！"

"喂，请问她跟谁……"G想问个究竟，但电话却咔的一声挂断了。再回拨过去，对方死也不接。

此时的G已相当愤怒了，感到浑身的每根神经都在狂跳。他再也无法躺下去，而是毅然起身。他顾不得出差的任务尚未完成，拎着行李就往车站跑。他打算赶上最早的那趟汽车。

汽车摇摇晃晃地停在自己的那座城市，天已过正午。G一直处在热血沸腾的状态。下了车，直冲自己的家，一脚将门踢开。M从房里钻出来，见了丈夫吃了一惊，说："你咋回这么早哇？"

嫌我回得早，耽误了你的好事不是？嫌我回得早，差点揪住了你的尾巴不是？G越发反感，加上女人刚午睡起来，半裸着身子，一想起她昨晚被一个野男人动过，就止不住恶心。然后，他咬紧牙关，恶狠狠地挥去一巴掌，啪的一声，响亮极了。再看女人，捂着腮帮子倒在地上，已经背过气了。

"你这个无耻的女人！"G恨得气喘吁吁。

但是，G很快证实，M没有跟任何男人发生关系。整个晚上她都住在娘家，有丈母娘和小姨子为证。所谓保姆，更是子虚乌有。

难道遇见鬼了？G傻眼了，忙掏出手机，看看自己通话的情况。然而，手机里并没有与家里通话的记录。昨天晚上，只有一个电话号码留在贮存器里，而这个号码与自己家里的电话只有一字之差。

G这才明白了，原来是自己打错了电话；而晚上给自己拨来电话的男人，正是这个错误电话的真正主人。

"好嘛，就算我打错了电话，你也不能回过来造谣生事，让我火上加油哇。我倒要问你个清楚明白。"

"喂，"电话一接通，对方就说话了，听那声音，正是昨晚的那个男子。

"你是谁？你为什么诬陷我的妻子跟别的男人做爱？害得我一巴掌将她打昏了！"G怒气冲冲地问。

"哼哼，这又怎么样？在你的唆使下，我的妻子被保姆用相机砸成了植物人。小子，你跑不了，等着打官司吧！"

G倒抽一口凉气，赶紧关了手机。

哑二娘

哑二娘在嫁到七斗冲之前，是民间水氏戏团里的女名角儿。

七斗冲往北五十里进入一马平川的淮河平原，在淮河上游两岸活动着一个著名的花鼓戏戏班子，常年流浪，以唱戏为生。

哑二娘本姓湛，儿名秀女，长得娇小玲珑，秀色可餐，尤其音色好，音域宽，哼一溜唱腔，闻者为之动容。其母慨然叹道："可惜你生为女身，不然送到你表叔那里演小旦，甩手就成。"当时唱戏的一律为男性，女角色也挑男人扮演。有句俗话道：世上只有三样丑，王八戏子吹鼓手。唱戏的如此下作，除非迫不得已，谁肯让自家妻女登台献丑？

秀女的表叔，就是戏班子的团长，姓水。水团长发现秀女是个唱戏的人才后，千方百计要接她去学戏，还表示：为了避嫌，只让她上台女扮男装演小生。水团长这样做：一为打破戏团里除了做饭的清一色男性的局面，二为戏团赢得观众。秀女喜出望外，跃跃欲试，其母却有顾虑。后来他们想出一个办法，以把秀女送给舅舅当养女为名，偷偷把秀女送出去，交给表叔。

秀女登上戏台，果然一举成名。戏班子进来一个女演员，本身就是轰动新闻，加之独有的唱腔，动人的身姿，虽是男角，却藏不住女性的芳香。戏班子顿时名声大噪。

但此事非同小可，终究瞒不过湛家人，湛氏族长闻悉，组织一伙人闯入戏班子，又打又骂又砸，把秀女五花大绑带回家。水团长五十多岁，一生正直，哪受过这般屈辱，当即触石身亡。

秀女在湛家祠堂里跪了三天三夜，本应严惩，念其受人唆使，交父母严加看管。但秀女脾气倔，发誓还要唱戏。娘无奈，悄悄在秀女进食的汤里加上烟袋油，一月后，秀女的嗓子开始发炎发哑，出声无力。秀女得知真相后，悲愤欲绝，拿剪刀就往自己脖子上刺，被娘一把抱住。娘哭道："儿呀，娘也是迫不得已，娘抬不起头见不得人啊。你要替娘争气。"母女俩抱作一团，放声痛哭。一个哭得惊天动地，一个哭得喑哑无声。

从此，秀女沉默无言，远离戏场，性格也变得郁郁寡欢。

秀女的嗓子开始发音，是在她得知自己要嫁到七斗冲之后。七斗冲是山区，贫穷落后，交通闭塞，外地女不肯嫁过去，所以光棍汉无数。秀女因声名扫地，又是哑巴，无人肯娶，只能嫁到山里。秀女一着急，大呼一声："我不!"虽然开了金口，却如小鸭般难听。

秀女最终还是下嫁到七斗冲。

秀女的丈夫叫柳二干巴，所以秀女不再叫秀女，叫柳二娘，人称哑二娘。两人生下一个丫头，叫柳红叶。红叶人随其母，长得模样端正，嗓音特亮，每次跟人看戏回来，总要唱一段，极像。有一回，红叶对娘说："娘，我要学戏。"哑二娘吓了一跳，立即捂住红叶的嘴巴，哭道："儿呀，死了这份心吧……"

谁知，红叶十六岁时，七斗冲突然传出谣言：红叶跟唱戏的私奔了……

原来，在七斗冲不远的高山冲一带，来了一伙唱戏的，唱了一个多月，红叶自然每天随大人们一起看戏，谁知戏班子一撤走，红叶就失踪了。有人说：红叶曾跟一个叫拐旺的"小生"眉来眼去，肯定是被他给拐走了。七斗冲自古民风剽悍，族规极严，出了这种丑事是要活埋人的。族长立即下令柳二干巴带着同村的柳耗子兄弟速去追赶，几天后果然将红叶绑了回来。

这时正值半夜三更。红叶自知小命难保，失魂落魄地跪在自家香案前。哑二娘做了一桌好菜，还抱出最好的米酒招待柳耗子兄弟。待柳耗子兄弟喝得酩酊大醉，哑二娘便命柳二干巴拿铁锹。"干啥?""活埋红叶。"男人吃了一惊，道："要埋也要等族长下令呀。"哑二娘咬着牙道："这两天人家都骂我家教不严，有其母就有其女，叫我抬不起头，不如我们自己先把她埋了，也好阻别人的嘴。"不由分说，揪住红叶就往外山上走。两口子将坑挖好后，哑二娘一把将红叶推进坑里，然后命男人：

"快，去搬块大石头来。"男人哆哆嗦嗦地走后，哑二娘也跳下了坑，为红叶松了绑，轻声说道："红叶，娘要救你。"红叶缓过神来，喊声娘，泪如雨下。娘厉声问："你真要跟那个唱戏的小生走？"红叶哭道："娘，人家旺拐早娶媳妇了。我只不过是想跟他们去学戏。你年轻时没能唱成戏，我要替你唱戏。"娘呜的一声哭道："红叶，你这是害白个儿的命啊。你把鞋脱下来，赶快逃走，越远越好，永远莫回七斗冲。"等柳二干巴搬着石头回来，坑里已经填了一半土，红叶的两只布鞋正盖在土上，柳二干巴呜的一声，一头栽到地上。

尽管柳耗子兄弟怀疑这件事的真实性，但见老实憨厚的柳二干巴伤心得哭天抹泪，一个劲儿骂女人"太狠心"、"把自个亲生的闺女活活倒栽了葱"，不像有诈，又怕担责任，只好向族长"如实"报告……

七斗冲一片哗然，女人们一齐暗骂哑二娘太狠毒，哑二娘在七斗冲更加臭名远扬。

二十年后，七斗冲请来了一个民间曲剧团唱戏。其中一个唱小旦的中年女演员唱得好，是戏团里的顶梁柱，引起了人们的注意。哑二娘虽然未能看戏，那小旦却点名要住在哑二娘家里。夜深人静时，女演员突然跪在地上哭喊："娘，我是红叶啊。"老眼昏花的哑二娘又惊又喜，母女俩又哭作一团……

她们一夜未合眼，各自讲述自己的生活经历。末了，哑二娘掏出自己仅有的两块大洋交给红叶，作为给未见面的外孙的纪念，还嘱咐她无论发生任何事都不能承认自己的真实身份。

不料有人看出了破绽，报告了新族长，建议挖开红叶的坟墓验证。正在这时，哑二娘气势汹汹地找到新族长告状，说唱小旦的女人晚上偷了她的两块大洋。新族长带人赶到戏班子，果然从"小旦"包裹里搜出了赃物。哑二娘扑到红叶面前，又抓又咬，把红叶脸上抓出无数伤痕，还不解恨，要新族长把红叶送官。新族长打消了对红叶的怀疑后，念及戏班子是请来的客人，提前打发他们离开七斗冲。

自此哑二娘一病不起。由于柳二干巴早已辞世，哑二娘孤苦伶仃，而且名声不好，无人来看望，死后十天才被人发现，死时手中紧攥着两块大洋。

夺 妻

十年前，清明离开望天沟时，发毒誓一定要把心爱的姑娘稻花夺回来。

稻花是望天沟独一无二的大美女，清明则是望天沟里的一位英俊后生。在外人眼里，他们是天造地设的一对。清明也一直在恋着稻花。男大当婚、女大当嫁，当清明托人向稻花父母求婚时，一个消息像一声炸雷一样几乎没把他打昏：稻花要嫁给邻村的秋分了。

秋分是望天沟的首富，这小子年轻时耐不住贫穷，只身一人去东北煤矿里挖煤，十年后九死一生逃回来，赚了大把的钞票，然后利用山里的土特产资源，办起了果品罐头厂，生意好得如日中天。但是，秋分长得丑，年过三十了，除了有钱还有什么？清明气得真想一拳头把秋分打死。清明怒气冲冲地找到秋分，劈头就问：

"你凭啥要娶稻花？"

"凭啥？就凭钱！清明，听说你也想和稻花好，请问你凭啥娶稻花？"秋分斜着眼睛问。

"我凭啥？就凭我对稻花的感情！钱是啥东西？"

"那好，我俩比试一下，看是钱管用，还是感情管用。"

清明不再理他，而是径直去找稻花。稻花正在山林里摘山猪菜，一副心不在焉的样子。清明扳过她的肩头问：

"稻花，你真的要嫁秋分？"

稻花低着头没有吱声。

"不行！你纵然不嫁给我，也不能嫁秋分啊。他除了有俩钱，还有啥？"

稻花泪眼婆娑地说："可这事得由我妈作主。秋分替我家还了外债，另给了一万块的彩礼，他还准备在县城里买一栋房，让我住。眼看生米就要作成熟饭了，我还有什么话说。"

"稻花，难道你一点也不念及我对你的感情？"

稻花说："我知道你对我好，可你除了对我好外，还能给我什么？秋分能挣钱，你为什么就不能出去挣钱回来？"

清明咬咬牙，点头道："好！我也去挣钱！等我挣够钱，一定要把你夺回来！"

清明又去找秋分，指着秋分的鼻子说："你听着，这次我比输了。但你等着，我会把稻花再夺回来的！"

秋分说："我等着，如果你的钱超过了我，我就把稻花拱手送给你。"

清明走了，这一走，一晃就是十年。起先，他也去东北挖煤。赚了钱后又去承揽工程，当建筑队的老板。等他攒了数目可观的钱后，十年的光阴一晃而过，此时的他，人老了，皮肤也黑了，岁月在他的脸上留下了深深的痕迹。但他精神依旧、痴心不改。他想：我终于可以实现十年前的愿望了；秋分啊秋分，有道是君子报仇十年不晚，你不是要比钱吗？今天我就让你知道，稻花归根结底是属于我的。

清明西装革履，挺胸叠肚，一副老板的派头，威风凛凛地踏进了秋分的小洋楼。

"我晓得你迟早会找上门来的。我等了十年，这十年太长了点吧。"秋分躺在沙发上，不无揶揄地说。

"少废话！你开个价吧，要多少钱？"清明从皮包里掏出一把支票说。

秋分哈哈大笑，道："清明，你不就是想要稻花吗？我分文不取，白白送给你怎么样？"

"哼哼，钱对于我来说，已经不算什么了，我不要你的人情。"

秋分拍拍手，从房间里走出一位娉婷多姿的妙龄少妇，扭扭捏捏地坐在秋分身边。

"介绍一下，这是我的第二任妻子……"

"稻花呢?!"清明大吃一惊。

"稻花嘛，五年前我就和她离婚了。她还住在我送她的那栋洋楼里，花着我给的钞票。清明，稻花对于我已经分文不值了，你想，我玩腻的东西，谁愿要谁就要得了，我怎么会要钱呢？不过，你拿人家不要的东西，小心遭人嘲笑哦。哈哈哈……"

"你……混蛋！"清明扑过去，把秋分揪起来，狠狠地摔在地上。

清明不知道自己是怎么出来的。他的脑子乱哄哄的，神情恍惚呆滞。他绝没想到，像越王勾践一般卧薪尝胆，盼来的却是这样的结局：自己又一次输在秋分的手上了！秋分说得对，纵然娶了稻花，不仅不能说明自己英雄爱美，反而落人耻笑！十年的心血岂不白费？不！这绝不是自己想要的结局！他咬着牙，把皮包里的支票撕得粉碎，然后手一扬，让它们像蝴蝶一样随风飘逝。

清明没有去找稻花，而是坚定地朝城南走去。

城南有一座山。

山里有一座庙。

十 年

他和她可谓一见钟情，但他们觉得彼此的差别太大了。一年的共同打工生涯一晃而过，在告别的那一刻，他们还不敢把彼些的心意表达出来。

"白玲。"他望着她，轻轻呼唤一声，欲言又止地犹豫着。

"嗯。"她微笑地答应着他，期待他的下文。

她这样漂亮，又住在大城市里；而我太一般了，又是个近视眼，她愿意嫁给我吗？——他想。

于是他叹口气，伤心地改口说："希望今后不要互相忘记啊。"

"钟鸣。"良久，她也轻轻喊一声，眼光软软地注视着他。

"嗯。"他也微笑着答应一声，期待着一句最希望听的话从她嘴里说出来。

他这样有才华，将来肯定是个堂堂大作家；而我不过是个靠打工生活的普通女子，他愿意娶我吗？——她想。

于是她忧伤地改口道："希望我们今后多多联系啊。"

就这样，他们分手了，眼眶里都含着泪水。

一晃十年过去了！

十年来，他专心创作，别无他顾。

十年来，她自谋职业，足不出户。

十年来，他们没有恋爱，没有结婚，他们把那段难舍难分的感情珍藏心底，宁愿苦守着心灵的那片孤独，在每年情人节到来的时候，默默地为对方祷告，祝福那个不能成为眷属的有情人能找到如意的归宿。

十年了！多么难挨的十年啊……

一天，一份知名的杂志几乎同时送到天各一方的他们手中。

他打开看，那里的"女性独语"栏目里刊登着一封读者来稿："……十年来，我心中早已有个'他'，可他从一个普通作者渐渐成长为一个青年作家；而我自己依然是个普通的工人。我有自知之明，相信自己越来越配不上他，越来越不敢向他表达我的爱羡。唉，我该怎样摆脱这种单相思的痛苦呢？"

她打开杂志，那里的"文学副刊"栏目里有一个令她心跳的青年作家的创作谈："……我之所以发愤写作，还有一个重要的原因——十年前，我在打工期间结识一个非常漂亮的姑娘，可她是个都市美女，而我却是一个自由职业者，又是个近视眼，所以我不敢奢想什么。我决心用我的奋斗来装点自己，好拉近与她的距离。可是，十年了，她一定早已罗敷有主！"

他看后，长长地啊了一声。

她看后，眼睛一下子惊直了。

 # 我要嫁给你

玉华二十八岁还没有男朋友，但这并不说明她很一般，恰恰相反，她不仅长得漂亮，学历也不错，又有能力，在公司里深受器重。

其实，玉华曾经遇到两位不错的男孩。第一个是一位女同事的哥哥，通过交往，玉华很快为他儒雅的谈吐、渊博的学识和独到的人生观所吸引，以至于三天不见面就好像缺少点什么。同事的哥哥在一所大学做讲师，凭直觉，玉华看得出他也喜欢自己，因为每周他都主动约玉华出去散步、聊天和吃饭。忽然有一天，玉华在应该得到约会的时间被遗忘了，一连几周都是如此。细心的她很快就发现，原来是让另一位女同事捷足先登了；看见他们时，这位女同事正毫无顾忌地挽起了曾是自己心上人的那位讲师的手臂。

第二天，伤心的玉华不再去上班，而是莫名其妙地递交了辞呈。

另一个是自己的新同事。玉华为他高大魁梧的身材、雍容大度的举止而着迷，常常站在他面前痴情地注视他。玉华深信，只要对方说声"我爱你"，自己立即就会融化在他的怀里。可是，这句话没等到，却看见他和别的女孩好上了。从此，那副高大的身材与自己永远无缘了。这次，玉华不仅辞了职，还远离了这座没有爱情的城市，到另一个城市去碰运气。

晚上，玉华常常情不自禁地回忆着这一切。她觉得抢走心上人的两个女孩，其实都很一般，一个太轻佻，一个太丑陋，远远不及自己。可她们偏偏能够把男人弄到手。玉华就有些恨男人：你们的眼光怎么啦！

就在这时，玉华遇上了高。

高每天晚上都约玉华出去泡吧。自然，他们无话不谈。谈到自己的

恋爱史，玉华就把上面那两个男人的伤心往事讲给高听。高笑着问：

"你为什么不主动提出来？或者写一张字条，让对方知道你爱他？"

"哇，我是女孩子呀！"玉华受了一惊似的叫起来，"我干吗要主动提出来？好像我嫁不出去似的。我用我的行动表示我愿意接受他，这难道还不够吗？"

高向她解释说，你想嫁的男人，未必就想娶你，所以在这种情况下，你应该主动才对。

"不行！"玉华斩钉截铁地说，"如果真是那样，说明我们根本没有缘分。"

高就不再提这件事了。但高明显地提高了约会的档次，因为他开始为玉华准备玫瑰花了，一枝、两枝、三枝地往上递增。玉华心有灵犀、积极回应，也准备玫瑰花，大朵大朵的，鲜得清香四溢。高潮时，两个人四目对峙，含情脉脉的，眼神里盛满情意。但到此为止，不再有任何多余的表示，直到高轻轻一笑，结束这种局面。

高突然对玉华说："玉华，明天到我家去，我让你见一个人。"

"好哇。是一位小姐还是一位先生？"玉华问。

"到时你就知道了。"

玉华想，咱们都到这个分儿上了，他不至于让我去见一位小姐吧？那样岂不太残酷了！但玉华进了高的出租房之后，看到的真就是一位小姐，一个非常年轻漂亮的女孩，样子不仅可爱，还有礼貌。

玉华紧张起来，她稳了稳神，问高："请问她是……"

"啊，忘了介绍，"高立即将女孩拉过来，"她叫玉洁，一位可爱的平面设计员……"

"你们刚刚认识？"玉华步步紧逼。

"已经认识很久了。不过，今天她也是第一次踏进这个门槛。"

好嘛，不仅认识很久，还拉了她的手，而我，连衣服都没碰过！玉华受不了。要知道，"半路杀出个程咬金"，这个教训太深刻了。她将高拉到另一间房内，愤愤质问："高，你约我来的同时又请另一个女孩，你到底想干什么？"

高摊摊手，不以为然地说："这很正常嘛，你目前还只是我的一般朋友呀。”

“不！”玉华委屈得直流泪，“高，难道你真的看不出来吗？那就让我明确地告诉你：我爱你，并打算做你的妻子，我不允许你再有别的女孩。”

“这是真的吗，玉华？”高不相信地问，“你不会骗我吧？你不是说，你不会主动向男孩求爱吗？”

“可今天不一样！再迟一步，也许你又被别人抢去。”玉华唏嘘道，“高，你告诉我，你愿意接受我的爱吗？”

高将玉华拥进自己的怀里，吻了一下她的额，说：“谢谢你，玉华！我愿意。”

两人便紧紧地搂抱在一起，很久很久……

直到响起敲门声，两人才急忙松开。玉洁站在门口，笑眯眯地说：“哥，未来的玉华嫂子对你真痴情呀。”

“什么？”玉华反应极快，“你是说……”

高重把手搭在玉华肩上，笑道：“玉华，我刚才还没有介绍完就被你打断了。玉洁是我舅舅的女儿，也就是我的表妹……”

玉华瞪了高一眼，立即就有了上当的感觉，“高，我怎么觉得今天像一场由你精心预设的骗局？”

“我为什么要这样做？”高微笑问。

“嗯，当然是逼我向你求爱——高，你真坏呀，你让一个女孩子第一次丢了脸面。不行，这件事可没完！”

“听我说，玉华，”高再一次把她拉到自己怀里，“我们都知道，在一个激烈竞争的社会里，任何机会都会稍纵即逝，要想成功，必须毫不犹豫；追求事业如此，追求爱情也是这样。这就是我想告诉你的呀……”

“让我考虑考虑。”玉华噘着嘴说。但她的身子已彻底软在高的怀里了。

名 医

　　新州地处山间，四周丛峰环抱，南风不生，北气不达，地势低洼而潮湿，地气沉郁而不散。久而久之，这里的百姓便生出一种怪病。其症状为：初时头晕脑涨，但不影响作息；继而体温攀升，四肢无力，病情显著；晚期除了头痛发热外，肢体痉挛、胡言乱语，如不及时救治，必定命丧黄泉。

　　世间万物相生相克，伴随着怪病的产生和发展，治疗怪病的良医也应运而生。至本文故事发生止，新州地界以一河之隔出了两大名医，河北名医姓邝名世才，河南名医姓隗名家琛。两人师出一门，同拜当时新州最著名的医界老前辈"赛华佗"为师，学成后投身杏林。但师兄弟俩严守不成文的规矩，各在自己的地盘里行医问诊，以治怪病为业，互不打扰。

　　隗家琛和邝世才虽同出一师，但医术高低有别。造诣最深的当数州南名医隗家琛。隗家琛精通医理、熟识病因，既知治表治里，也能治命；也就是说，患者哪怕病入膏肓，他也能以毒药攻之，再施以针灸、推拿和按摩，徐徐化解病情，进而愈之。但隗家琛为人平实，平日不以坐诊为主，而是赤脚遍行乡里，观察百姓。一遇头痛脑热的患者，他一眼就切中病灶，然后开一普通中草药方，服之便除。所以，州南一带从未有因怪病致残致死病例。也正因为此，隗家琛收入不多，家景清苦，几乎与贫民无异。

　　州北名医邝世才，较之隗家琛则医技稍逊。他虽能治表也能治里，但对病情晚期则束手无策。平日里他静坐家中，专等患者找上门来，派头十足。患者以普通百姓居多，由于终日劳作，对于怪病初期的症状多数不为重视，待病情加重才匆匆送往邝医家中，邝世才开出许多药剂方能治愈；也有生命垂危者，因邝世才医技所限，虽吃了不少汤药，仍然不治身亡。因此，州北的百姓为治好怪病，往往倾家荡产。相比之下，邝世才则日进斗金，富甲一方。

这年，新州府下达文告，欲寻一名医道精湛者为州医。这州医也算一名官医，常年出入州府，不仅有相当的地位，也有可观的俸银，谁不心向往之？尤其家道贫寒的隗家琛，凭借自己的医术在新州界内首屈一指，自信这州医非己莫属。遂郑重写下自荐表，逐一向上呈报。

结果，州府派人下来考察，先去隗家琛家中探视，见其草棚土壁，屋内空空，人也是一副穷酸相，当时就有些疑虑；待遍访乡民，得出的结论竟是：隗医生只治些头疼脑热之病，并未看出能耐多深。

自然，隗家琛落选。

而水平在其下的邝世才却步入了州府。

隗家琛满腹怨懑，郁郁寡欢。这日，从不沾酒的他，破例晃至小镇，挑个酒坊坐下去，自斟自饮以酒浇愁。

正在感叹流泪之际，忽觉肩膀被人拍了一下。扭头一看，却是多日未曾谋面的新任州医邝世才。

邝世才绕到对面入座，给自己满了一杯酒，两人便对饮起来。

良久，隗家琛抬头问道："世才，你说句良心话，你我俩的医术，到底孰高孰低？"

"这还用问吗？"邝世才哈哈大笑，"论医术，当然是师兄你的水平最高罗。"

"那……"隗家琛越发迷惑不解。

邝世才朝他摆摆手，道："我知道师兄想说什么。师兄的造诣，我早已心服口服；只可惜，师兄的医术到底有多高，只有你我杏林中人心中有数，而百姓们都是行外人，又没有亲眼看见你医好过重病患者，自然看不出你的真实水平了；而小弟我虽医术平平，但却最大程度地展示了自己的能力。人们便以为我比你强了。"

隗家琛闻言，好似大梦初醒，不觉长叹一声。

"师兄，今天是我赴任之日，特来向你辞行，也给你捎带几句良言相告。大丈夫生于世间，既须用武之才，也要用武之地；为医之道者，有病医方生，无病医自无。医生既要治病，也要造病，病不绝医方久。师兄为人忠厚，但切莫作茧自缚啊……”

隗家琛眼含热泪，低头不语，直到邝世才告辞多时了也没有挪动身子。

从此，隗家琛彻底变了人样。他不再出门行医，而是像邝世才那样端坐家中，其派头有过之而无不及。有病人求诊，病情稍轻者故意以普通草药拖之，病情稍重者便开些名贵草药熬服，待病情进入了晚期，病人生命垂危时，他才大动干戈，针灸、拔罐、推拿一起兼而治之，直到病人彻底痊愈方罢。病人几经折腾，死里逃生，自然感激涕零，多以厚礼相报。不出一年，隗家琛便成为新州大富。而他的医术也因此名扬四海，颇受称道。

没过三年，隗家琛便被推荐为京城御医。

老黄头的家史

这天，老黄头儿下了很大的决心，终于坐到儿子跟前，讷讷地喊儿子的小名："有田啦。"

儿子盯了老子一眼，耐着性子等下文。

老黄头儿却摆过脸，好像自言自语似的说："咱现在好多了。你包个厂子，吃穿用啥不愁。"

儿子打断他的话："你到底有啥事儿？"

老黄头儿叹了口气，低下头说："没啥事儿，想拉拉家常。你知道的，你爷你奶死得早，留下我跟你姑兄妹俩，好可怜。"

老黄头儿只管低头说着，忽听门外有人骂："神经病！"他扭头一看，原来儿子已起身出去了。

老黄头儿一脸难堪，无精打采地叹着气。

这时，小孙子唱着歌儿，蹦蹦跳跳地放学回家了，见了黄老头儿，喊声"爷爷"就进了里屋。

老黄头儿跟了进去，亲昵地问："小孟子，你不打算写作业吗？"

"不写，太伤脑筋。"小孟子掏出玩具手枪摆弄着。

"不写，那你长大了能干啥？"

"长大了承包厂子，学我爸，一年净挣几十万。"

老黄头儿走过来，手搭在孙子肩上，温和地说："小孟子，不写哪行呢？你晓得我像你这么大时正在干啥吗？正在要饭哩。"

"要饭？有意思！咱有个同学的表叔，要饭要成了万元户。"

"不是那样要的。咱从小要饭是为了填肚皮，没吃的。你看看，就是这样，一手拿根打狗棍，一手挎只破筐子，站在人家门前求：给点吧、给点吧。嘻嘻，你试试。"

老黄头儿想逗孙子发笑，引起他的兴趣，可小孟子却摇摇肩膀："向人家要东西，太不好意思了。咱有吃有穿，要饭干啥？老师知道了，说我好占便宜，会全班点名批评。"

小孟子说着，抱起"手枪"往外跑，正迎头撞上妈妈，便边跑边喊："妈，我爷爷让我去要饭。"

养得白手胖脸的儿媳妇一听，立刻将脸一沉："老东西！天天要饭要饭的，在孙子面前也嚼蛆！你要想死，就快点死吧。"

老黄头儿心中一阵难过，老泪吧嗒吧嗒地往下掉。良久，他静下心来一想：自己真的有些反常，难道真的要死了？

老黄头儿今年七十有五，半辈子吃苦受累，幸而晚年沾儿子的光，享了几年清福。谁知人在福中不知福，端着肉汤碗，想起要饭篮，时常咽不下去，光掉眼泪。他白天在儿子的厂内转悠，夜晚戴着老花镜看报纸，报纸一搁就想自己的往年。想着想着，就想跟儿子、儿媳啦呱啦呱，谁知，反惹一身嫌。

老黄头儿坐卧不安，干脆足不出户，自己把自己困在房里，用补衣服的针钉了一个厚厚的本子，用自己削的木尺子打上方格，成天泪流满面地写着画着，可是又有许多字不知怎么写，画着画着就叹起气来。

就这样成天待在房里，坐坐，躺躺，不言不语，家里人以为他病了，问问，他摇摇头。不久，就着着实实地躺了起来。这一躺，竟真病了，一查，还是一种不能告诉病人的病，晚期了。

老黄头儿也知道不好了。儿子一坐在身边，他就哽咽："有田啦，我总在想，想往年……"

"莫想，好好休息。多吃点。"

"唉，咋能不想呢？"

终于，老黄头儿说话越来越吃力了。儿子也不误时机地问："爹，你有啥要求，尽管说。"老黄头儿动动嘴巴，没说出来。

"爹，你想吃啥？只要世上有，我就能弄到。"

老头儿摇摇头。

"爹，你想不想土葬？没事儿，我花钱买土葬。"

老头儿还是摇摇头。

儿子就有点窝火，大声说："啥要求也没有！这是死，不是走亲戚。"

老黄头儿终于张大嘴巴，哼哼叽叽地说："我想，我想跟你唠一唠，怕你又不爱听。"

儿子觉得心一酸，说："爹，你想说啥就说吧，我听着。"

"你爷你奶死得早，留下我和妹妹，到处要饭。你姑五岁那年，因为吃了发霉的红苕叶，中了毒，抱着肚子打滚，活活痛死了。"

儿子的眼泪哗啦一下淌下来，说："爹，你从小好可怜。"

"叫小孟子好好读书。我像他这么大，要饭也要不饱，老挨狗子咬。你看，我腿上的几个大疤子就是叫狗咬的。"

儿子唏嘘地说："爹，我记住了。"

"爹，你还想说啥?"儿子又问。

老黄头儿许久没有说话。儿子耐心地等着，以为老头儿睡着了，仔细一瞧，原来老人已与世长辞了……

男人的学校

一天，我下班等车，眼睛都望直了，还不见公汽的影子，不由得慢慢生出一膛肝火。正在这时，我身后有一个女孩——我敢断言，那是我亲眼看见的最使我动情的女孩，高挑的个子，雪白的肤色，背挎着一只白色坤包——她走到我身边，很礼貌地问："请问你等多久了？"

我的坏心情顷刻间荡然无存，一时间竟口讷无语，点了半天头才回答："等很久了。这破车！"

"那就好！"她笑道，"说明车快来了。"

短短的几句对话，竟使我心驰神往，念念不忘。因为她是一位主动同我打招呼的不认识的姑娘，而且长得这么俊美。

在以后的同一时间同一地点上车，我总会遇上这位女孩，有时早有时晚，早了，我就会会心地一笑；晚了，总是禁不住东张西望。车来了，我性急地冲上去，那样会捞上一个座位坐上，而她总是不慌不忙地最后一个上车，重新背了一下下滑的白皮包，站在我身边，或者不远的地方，扶着扶手站好。

我的想象力开始发挥，每天晚上很"卑鄙"地编织着关于她的美梦。我想我已经离不开她了，是不是要有所行动？马路相识到相恋的情人倒也有的是。

于是我买了几套流行服装，美容院也是我常去的地方。那位女孩几乎每天换一身装束，我也尽量变换衣着，头发总是梳理得油光乌亮。

我发现，每次见面，她总是习惯性地瞥了我一眼。我多么想迎上前去，问候一声："小姐，您也上车？"可下一句又该怎么说呢？贸然的行动会引起相反的后果。在车上，我总是想找机会把自己的座位让给她，可又总是"师出无名"，她并不是老弱病残孕，连个喷嚏也未曾打过，否则我会很客气地说："您不舒服，您请坐吧。"可她从没有给我这个机会。

走投无路的情况下，我开始在她面前表现自己，乘务员查票时，我会早早地出示自己的车票，如果有人想买票而不愿动窝，我会主动接过钱，转交给乘务员，赢得一声真诚的"谢谢"。要是我身边走来一位老弱病残孕，哪怕离我身边较远，我也会站起来喊："请坐这儿吧。"只有这个时候，我才能博得那位令我神往的姑娘的一丝笑意。

初期目的达到了，这是多么令人惬意呀。

这是一条郊区线路，汽车常有小偷出没。这天又遇上了一位，正旁若无人地掏一名妇女的裤兜。过去遭遇此事，就会吸引许多眼光斜视，而我也假意打着盹。倒不是不愿管，而是大家都知道小偷有同伙，一旦你胆敢冒犯他，他们会群起攻之，反咬一口。而这次，不仅我目睹了这种犯罪行为，连那位女孩也目睹了，并且朝我眨了一下眼睛。我明白这一眨眼的分量，像无声的召唤，还有什么好犹豫的？于是我大喝一声："住手！"车上的人吓了一跳，小偷也吓了一跳。很快有几个人朝我挤过来，我霍然起身，从腰上拔出水果刀，急中生智地喊道："停车！车上有小偷，司机不要开门！"然后朝窗外的行人喊道："同志，快去叫警察，派出所就在旁边。"车停了，小偷们惊慌失措，不再管我，强行将车门扭开，像老鼠一样溜走了。

车上响起了一片欢笑声。那位女孩，那位难得正面瞅我一眼的女孩，朝我注视了许久，而且微笑着，笑面含着钦佩和敬意。

遗憾的是，没过多久，她就从我的视线里消失了。

再见到她时，是在一家肯德基门前。我一眼就认出了她，这次她没有背她的那只皮包，而是正喝着一听白色饮料。我不知哪来的勇气，迎过去道："小姐，很久没见到你呀。"

她扭头注视着我，露出熟悉的好看的微笑，说道："抱歉，我并不认识你呀。"然后，挽着一个小伙子的手，离开了。

一种说不出的失落感奔涌而来。我愣在那里，半天说不上一句话，就像跌进了冰窟窿里。没想这时会有一个女孩迎上来，高兴地说："先生，我认识你。"

一看是一个扎着一对羊角辫的女孩，很兴奋的样子；虽不是十分漂亮，却很精神，看样子很能干。我说："你是哪位？我好像不认识你呀。"

"也难怪。你在车上总是偷偷注视比我漂亮的女孩，喏，也就是刚才那位，哪会知道还有个女孩也在偷偷注视你。这叫做螳螂捕蝉，黄雀在后。"

"啊，是这样呀。"我笑起来。

"你有礼貌有风度，而且见义勇为，给我留下了难忘的印象。"

"这是男人应该做到的。"我自豪地说。

"我们可以聊一聊吗？"女孩歪着脑袋看我。

"可以，要不，我请你吃肯德基怎么样？"

"好哇，那太好了。"女孩跳起来。

后来，这位女孩就成了我的女朋友。

 # 女老板的男秘书

高空和海洋一起到公司应聘，海洋很快就成为女老板的男秘书，整天和老板工作在一起，鞍前马后地侍奉着；而高空却只能待在一间大屋子里和几个女孩埋头苦干。

看见海洋穿着笔挺的名贵西服，头发梳理得油光可鉴，夹着小皮包来上班，高空就心里冒酸气：哼，臭美啥呢！

听到海洋跟着老板走出公司的脚步声，想象着他陪着老板去考察、去请客、去赴宴、去谈判，然后去风流的场面，高空眼馋得直骂人：你牛屁个啥呢，不就是脸蛋比我白点儿吗！

好在女同事美娟长得像天仙似的，莺歌燕舞般天天在自己的身边晃来晃去，高空心里这才好受多了。

高空把目光盯在美娟身上了，他觉得自己的学历自己的收入自己的年龄自己的长相，与美娟举案齐眉还略胜一筹，绝对没问题。他时常朝海洋冷笑：海洋呀海洋，等我把美娟搞到手了，再来让你瞧瞧，到底是你那位除了有钱啥也没有的半老徐娘滋润呢，还是我的水灵灵的小喜鹊儿美娟鲜嫩。

这天，高空揣着一枚精致的戒指，兴致勃勃地回到公司。他想给心上人儿一个意外的惊喜，可眼前的情景却令他大吃一惊：只见美娟正捧着一束玫瑰花儿嗅着，脸上荡漾着幸福而羞涩的红晕呢。

"美娟，这花是谁送的？"高空的声音有点走调儿。

"是海洋呀，今天是我的生日。难道他不该送花给我吗？"美娟笑了。

"什么？他怎么会知道今天是你的生日？"高空感到不妙。

"他是老总的秘书，每个职员的档案都在他手上嘛。这有什么好奇

怪的？"

"美娟，几支玫瑰算什么！你看，我给你准备了一枚最时髦的白金戒指，它才是你今天最珍贵的生日礼物。请笑纳。"

"哇，好贵重呀！你怎么也知道我今天过生日？"美娟惊叫道。

"我是偶尔看见了你的身份证……"高空得意地说。

"啊？你偷看了我的身份证？你好卑鄙！"

美娟虽然接受了白金戒指，却回赠了价值更高的一条黄金项链，还专门吩咐说：是送给高空未来女朋友的。

高空心里好笑：走着瞧吧，说不定这条项链是你自己给自己买的呢。要不多久，我略施小计就能把你的心抓到我手上。但他很快发现，美娟和海洋单独见面的机会明显多了，星期天还约定去某某胜地游览。而对高空的盛情邀请，她竟婉言谢绝。

高空恨得牙齿嘎嘣响：海洋呀海洋，你太损了，什么好事你都想占绝！你做老板的情人还嫌不够，还打起了美娟的主意！我知道你做女老板的"面首"是身不由己，但你也不能在我身边挖墙脚呀！

高空一眨眼，心里就冒出个坏主意。他急忙打印了一份匿名信，是给女老板的，上面写着：海洋正恬不知耻地勾引纯洁无瑕的美娟，经过是如此这般；为了挽救美娟，建议开除海洋……

高空正想象着女老板因吃醋而暴怒的场面，美娟被请进了总经理办公室。高空心花怒放：有好戏瞧了！

谁知美娟从老板那里出来时，脸上竟然红扑扑的，还带着一副娇羞的神态。高空不动声色地问："遇到了什么喜事，美娟？"

"老总刚才说，有人告诉她我正在和海洋处对象，她表示支持，还要做我们的红娘呢。"美娟憨憨地笑着。

"什么？你答应啦？"高空大出意料。

"如果说过去我还举棋不定，今天我只好恭敬不如从命了。再说，海洋这人也确实不错。"

怎么会是这样的结果？高空想，合该我的检举信倒成了"催化剂"了？没这么简单吧。可这女老板的金葫芦里到底卖的是啥西药呢？难道她知道自己和海洋充其量不过是露水夫妻，想以此小恩小惠来收买海洋更加投其所好？如果真是这样，就得从美娟身上打缺口。

"美娟，你就真的那么相信海洋？"

"最起码这是我的直觉。我相信直觉。"

"美娟呀美娟，你想过这件事的严重性没有？你一个小小的弱女子，竟敢和老板争情人，你还想干下去吗？老板这是试探你的心呢！你太幼稚了。"

"什么，你说海洋是老总的情人？"

"这还有什么疑问吗？"

"你有什么证据？"

"如果你非逼我拿出证据不可的话，请看看这个。"

高空从抽屉里翻出一张照片给美娟看：在霓虹灯下，海洋正扶着老板往家里走去。

"这照片是从哪里弄来的，难道你跟踪他们？"

"他们能做得出来，还怕别人跟踪吗？如果我不跟踪，怎么知道在一个漆黑的晚上，一个男秘书挽着女老板的手到她的家里去寻欢作乐？"

"你真无聊！难道你没看见他们身边还站着一个拎包的老头吗？"

"我当然知道，他不过是一个小小司机而已。对于老板的所作所为，一个司机敢放什么屁？"

"你错了，高空！你只知道这个老头是司机，但他还有一个身份你知道吗？"

"什么身份？""老总的丈夫呀！"

"什么？这不可能吧？"

在美娟"格儿格儿"的笑声中，高空变成了一座石像……

给女孩儿写信

  来到大都市，虽然依然是个靠出卖体力挣钱的劳动者——建筑工，但这是在盖高楼大厦，是生活在城里，所以仍然觉得自己高人一等。站在大楼架子上面，有傲视天下的感觉；遥望家乡的方向，心里就有些扬扬得意。闲暇时趴在床板上铺纸涂墨，在家信里口口声声不离那拥挤的车流、摩天的大楼、一层层的立交桥，把个未出远门的父母兄弟们羡慕得在回信中"口水长流"：你可算见了大世面了！

  脑子里就有些发热。于白天流汗出力之余、于闹哄哄的晚上，经过夜市里那一对对勾肩搭背的花女靓男们的无言教化，心里就有了"贼心"蠢蠢欲动。就把自己所见的熟识的不熟识的打工妹们（城里女孩自然不敢有非分之想）排列对比一番，挑出一位最中意的放在想象里，肆意"亲热"一番。你别说，这位姑娘还真是我垂涎已久的目标，她在不远处一个玩具厂上班，一个偶然的机会，我从她的胸牌里得知她的名字叫何往。虽然她长得十分漂亮，气质也不错，但我们的等级总算不存在差别，何不主动出击，试探试探，看看运气？于是就壮起了贼胆，构思了一封长信，字斟句酌，又酸又甜，然后方方正正地抄在纸上，小心地投寄出去。

  "何往，你好！自我介绍一下，我是一位你并不认识的小伙子。首先我恳求你，不要介意一个陌生的男子唐突地给你写信好吗？……"

  客套了一番之后，话锋一转步入正题，还不知道人家感不感兴趣，就大言不惭地谈人生、谈事业、谈读书，唯独不敢谈爱情（怕直奔主题适得其反）；希望人家在百忙中回信交流一下，哪怕只有几个字也好。

  虽然自己郑重其事，却仍然往最坏处打算。我想象人家姑娘可能不会给一个不认识的人回信，大千世界，鱼目混杂，她怎么就知道我是一个好人？可不下十天，信竟真的回了，一看那娟秀的字迹，就知是一位漂亮的小姐。不过拆信一看，却叫人大失所望：

阿波（连个"你好"都没有）：收到你的信，我很意外，因为我收到一个男孩，特别是一个不认识男孩的信，还是第一次。读了你的高论之后，我觉得好笑，尽管你不厌其烦谈的所谓"人生"、"事业"，我表示赞同，但仍相信这是圈套，是一个诱饵，我不会上当的。不过，来而无往非礼也，我回你一封信，一是出于礼貌，二是想告诉你：好好工作，不要胡思乱想；否则你会吃亏的。就这样！

似一盆凉水浇在心头，我长叹一声，自知桃运不佳。虽在意料之中，却也难免好几天精神不振。

这时，一位工友发现了我的秘密。他看了信之后，开导我道："她回信了，就等于成功了一半，你应该高兴才是。再说，人家的话合情合理，并不过分。你继续写你的。"

我觉得有理，重新打起精神，又发挥了一番文学素养，首先衷心感谢人家的回信，然后换一个话题谈出门的感受、打工的苦乐和对家乡的思念，等等。最后，还是请求人家百忙之中再赏几个字。

十天之后，在没有收到回信的情况下，我又把这封信抄写了一遍，加了一句"多日没收到你的文字，我相信那封信一定没收到"的话，重新寄过去。这一招真灵，对方的态度终于松动了："没想到世上还有你这样厚脸皮的人。好吧，我们可以在信中交流，不过，我有一个条件：只限于信中'见面'。"即使这样，我仍觉得我成功了一大半，一直沉闷的我，兴奋得好几天歌不离口、拳不离手。

从此，平均一周，我们就彼此交换一封信。开始，我的信长，她的信短；我的语言恳切，她的话冷峻。慢慢地，她的信从字数到内容都超过了我，女孩的温存和柔美，细致和甜腻，在她的字里行间散发出来。我们谈自己的家乡，谈自己的童年和学生时代；通过交谈，得知她也好读书，便又谈中外书籍……半年之后，我得到了一个女孩对我的这样的评语：你是一个思想丰富的男孩。我也赶紧"礼尚往来"：你的善良体贴多么像我那可爱的小妹妹。

正当我沉浸在拥有异性朋友的兴奋中，并时常做着一个属于未来的好梦时，命运突然残酷地捉弄了我。一天，我收到何往的一张玉照，还附着一封也是最后一封信：

阿波，由于某种我不愿启齿的原因，我就要回老家了。城市再好，毕竟是别人的呀。也许这一生再不会有机会到这里来了。半年的交往，我感到你是一个真诚的男孩，是一个感情丰富而又有理想的好小伙，我为有机会认识你而高兴。同时，我也为自己初时对你的误解和冷漠感到抱歉。我相信你会原谅我的。

阿波，我隐隐觉得，你在最近的信中好像有一句话想说出来，求求你，不要说出来吧，把它珍藏在心底里，否则你我都不会好受的。送一张照片作纪念，祝你幸福。你的朋友：何往。

我一下子跌坐在石头上，难以想象这时的心境，面对曾经拥有的最美好的希望一下子胎死腹中，我不知道自己是否还活着。

等我清醒过来，连忙请了个假，不顾一切地赶到何往的玩具厂，想亲自为她道别，并问她为什么。可是厂里给我的回答是：何往三天前就辞工了。我不死心，又找到她的工友，寻求答案，她的工友告诉我：由于家境贫寒，何往的父母早已把她许配给一位有钱的大户，现在她必须马上回去结婚。

一阵强烈的失落和遗憾，像潮水一样漫过心头，一低头，竟有泪溢出。良久，遥望何往的家乡方向，我从心底里道一声：何往，也祝福你；我会把你的故事珍藏在心里的。

那些信，一共二十六封，至今我还保存着。